Pierre Larrebourg

DE LA SALADE SUR LES DENTS DE LA JOCONDE

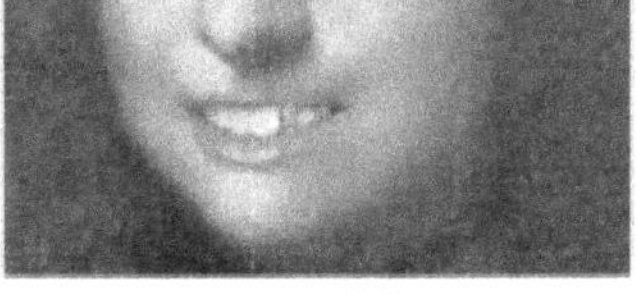

parodies

30 Musées virtuels à visiter

 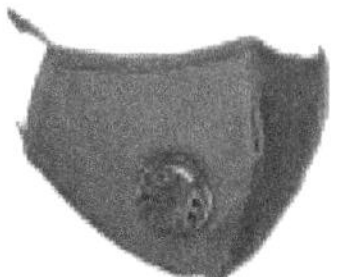

sans masque

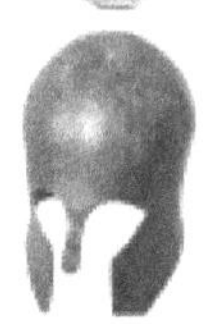 

sans casque

sans tablette

AVANT PROPOS :

"La vitrine est triste hélas et j'ai vu toutes fibules.."

Mais non! bien au contraire!

On entre toujours dans un musée comme dans une église, un temple de l'Esprit: en silence, avec sérieux et respect.

 La beauté, la culture, l'histoire et, qui sait, peut-être les boutons de culotte, sont les divinités qu'on y adore.

Les tableaux au mur et les vitrines sont les objets du culte.

Les gardiens et gardiennes de musée, avachis sur leurs chaises plastiques, les bedeaux et les chaisières.

 L'hygromètre, au fond de la salle, dans le coin, le goupillon.

Et le conservateur, physiquement absent mais spirituellement omniprésent par ses choix, ou par ses négligences, dans chaque vitrine, sur chaque paroi, le grand prêtre.

 L'inscription sur une porte "administration/interdit au public ", le jubé, la clôture des carmélites, l'iconostase, la cella ou le saint des saints, au choix.

C'est aussi une sorte de sacristie, mais une sacristie vivante qui, tel un pirhana rêve d'avaler le voisinage (en l'occurrence les espaces d'exposition) tout entier, pour chasser ces importuns que sont les visiteurs.

Et cela réussit parfois.

La preuve ?

 Si vous passez par l'Albanie, une destination certes improbable, essayez donc de visiter (oui, essayez, les plages d'ouverture sont très étroites et soigneusement conçues) le musée d'archéologie de Tirana, situé dans un très beau bâtiment de marbre mussolinien. Les bureaux y ont presque tout envahi et débordent sur les vitrines.

Essayez aussi, tant que vous y êtes, le musée archéologique de Khartoum au Soudan, autre destination improbable.

N'escomptez pas y voir les merveilles de la civilisation kouchitique, cette civilisation quasi-égyptienne, mais noire, qui dressa des pyramides plus pointues que celles d'Egypte sur le cours supérieur du Nil à Napata et Méroë ,et qui était dirigée par des reines, les Candaces .

Oubliez également les trésors exhumés et rehaussés en Nubie avant la mise en eau du barrage d'Assouan.

Tous ces artefacts sont païens, donc idolâtres, puisqu'antérieurs à la Révélation.

D'après les autorités soudanaises actuelles, ils ne méritent donc pas d'être vus, ni par les locaux, ni par les rares touristes ou visiteurs de passage : humanitaires, marchands d'armes, terroristes, prospecteurs pétroliers etc.

Le musée est donc perpétuellement fermé "pour travaux"

.Mais il emploie au moins une cinquantaine de personnes, si ce n'est pas cent.

Bref Tirana et Khartoum, deux must absolus, le rêve de tout gardien et de tout conservateur.

La Réunion des musées Nationaux devrait y organiser des visites guidées collectives pour ses employés.

 Il n'est donc pas étonnant qu'avec cette aura de respect, je n'ai trouvé, malgré des recherches assidues, rigoureusement aucune parodie sur les musées.

Ce petit ouvrage vise précisément à combler cette lacune, cette lagune dirait-on à la Galleria Dell' Accademia à Venise.

 Il y a en effet vraiment de quoi se gondoler et c'est peu dire.

Un seul volume n'y suffira d'ailleurs pas.

Passez -donc le tourniquet avec nous, et suivez le guide, ça va swinguer …

ANGLETERRE :

2034, 7 MUSÉES POST-BREXIT

Angleterre et non Royaume-"Uni" puisqu'en 2034, date de ces descriptions, l'Écosse aura fait sécession en et l'Ulster aura rejoint la République réunifiée et d'Irlande.

Idem pour Gibraltar nouvelle communidad autonoma especial del Reino d'Espagne, pour les îles anglo-normandes, nouveau TOM français, pour l'île de Man rattachée à la Norvège comme le Svalbard et le Spitzberg et pour les Falklands qui, après une médiation andorrane, auront adopté un régime de coprinces entre le président de la République argentine et l'archevêque de Canterbury.

Quant au Pays de Galles et à la Cité libre de Londres leur sécession sera également imminente puisque deux referendums seront prévus en 2035

En termes de patrimoine et de musées, le Brexit a eu des répercussions majeures.

Par les mouvements d'œuvres d'art qu'il a enclenché et par les réorientations esthétiques qu'il a engendré, on peut le comparer à la Révolution française, aux guerres napoléoniennes, à la révolution russe et aux années 30 en Allemagne.

C'est dire son importance historique.

1.
NATIONAL GALLERY
LONDRES

Inutile de revenir à la National Gallery pour voir ou revoir la vierge aux rochers de Léonard de Vinci (aujourd'hui à Karachi), Vénus et Mars de Boticcelli (de retour à Florence, aux Offices), les tournesols de Van Gogh (à Shanghaï) ou les époux Arnolfini de Van Eyck (au Louvre).

En effet la National Gallery, comme tous les musées, est devenue payante, faute de subventions gouvernementales (plan Osborne 6).

Mais cela ne suffit pas à assurer sa survie: la fréquentation est en baisse.

On se demande bien pourquoi tant les perspectives du Brexit sont au contraire exaltantes-.

Le musée doit donc, depuis le plan Osborne 8, s'auto-financer en vendant en priorité de l'art non anglais ou, pire encore, de l'art anglais à thèmes non-anglais.

Les musées étrangers n'ont pas vu une telle aubaine depuis la révolution française, la révolution russe et, pour l'art moderne, 1933.

Du Praxitèle et du Rembrandt comme s'il en pleuvait !

Pour maximiser le produit de ces ventes, le National Trust avait, avant sa dissolution par le plan Osborne 9, formé un partenariat public privé avec Sotheby's. Ou plus exactement avec la petite antenne londonienne que la maison d'enchères a laissé en opération à Londres après son grand déménagement à Shanghaï en 2024.

Au passage, de l'art, jusqu'ici considéré comme anglais, comme les portraits royaux de Holbein et de Van Dyck ou réellement anglais, mais avec un nom à consonance étrangère, comme Dante Rossetti, s'est retrouvé mis à l'encan.

Même les collectionneurs privés ont pu en profiter.

Ainsi la "Vénus au miroir", seul nu de Velazquez, a atterri chez un collectionneur privé de Lahore, comme l'"Origine du monde" de Courbet s'était retrouvée, un temps, chez un collectionneur privé en Egypte (pas chez le roi Farouk qui, lui, collectionnait autre chose).

Cet art continental a été remplacé par des maîtres anglais.

Plongez à l'infini dans les meules de foin de Constable ou dans ses marigots, absorbez-vous dans la contemplation de ses vaches, loin de toute ces afféteries flamandes, italiennes et françaises, vous ne vous en lasserez pas.

Les taches claires aux murs des anciennes salles flamandes, italiennes et françaises encore vides donnent l'impression d'une installation d'art moderne.

Un peu comme le faisaient les feuilles de papier hygiénique collées par les restaurateurs est allemands, à Dresde, sur les parties endommagées des tableaux, dans l'attente d'une hypothétique restauration, qui n'est venue qu'après la chute du mur.

Un seul reproche : il y a très peu d'art moderne anglais.

Depuis les plans Osborne les musées anglais n'ont plus les moyens d'acheter du Bacon (comme le reste de la population si l'on ose dire), du Hockney ou du Hirst.

Ils n'auraient de toute façon pas acheté du Kapoor.

2.
TATE GALLERY
LONDRES

~ 9 ~

La Tate modern a abandonné l'ancienne centrale électrique de Bankside, qui a été rendue à sa destination d'origine.

Un double musée n'avait en effet plus lieu d'être après la vente des collections étrangères (Rodin, Picasso, Matisse, Tanguy, Ernst, Dali, Mondrian, Warhol, Rothko Braque, Pollock, Beuys, Oldenburg et tant d'autres).

Damien Hirst, un artiste authentiquement anglais, malgré son nom à consonance allemande, est aujourd'hui l'attraction principale de la section moderne de la Tate.

Ses viscères de bovins plastifiées sont toujours aussi populaires qu'autrefois, mais pour d'autres raisons : la population a rarement l'occasion de voir pour de vrai de la viande rouge, même baignée dans du formol.

La Tate Britain a, pour sa part, fait de la place en revendant des oeuvres anglaises certes mais avec des thèmes continentaux comme les paysages alpestres de Turner ou le portrait du pape Paul III, hurlant, par Bacon.

Du coup les deux musées ont pu se regrouper dans un seul bâtiment.

La centrale à charbon de Bankside a pu recommencer à produire ce smog qui faisait tout le charme de Londres avant l'Union Européenne et qu'ont peint, en leur temps, Monet, un continental pourtant, et Turner, cette fois mieux inspiré dans le choix de ses sujets.

3.
VICTORIA AND ALBERT MUSEUM/
"GLORIOUS SEPARATION MUSEUM"/
"BREXIT MUSEUM"/
"NIGEL AND BORIS MUSEUM"

LONDRES

Le Victoria and Albert museum, était jusqu'au Brexit le musée des arts décoratifs exotiques.

Il a été réaffecté et rebaptisé.

Son nouveau nom officiel est le "glorious Separation museum" par reférence à la "glorious revolution" de 1688 qui a fondé l'Angleterre moderne et son régime parlementaire.

Mais son nom usuel est "Brexit museum" et son surnom facétieux est le "Nigel and Boris museum" par référence aux deux héraults du Brexit.

Pour aménager ce fameux musée, il a d'abord fallu faire de la place.

Exit donc le fameux tapis d'Ardabil, les animaux de Fabergé, les dépouilles du pillage du palais d'été de Pékin, les bronzes coréens, les sabres japonais, les cartons de Raphael.

 A part les cartons de Raphael, qui ont eu du mal à trouver preneur, les russes se sont rués sur Fabergé et les asiatiques sur les restes des pillages de l'Empire.

 Ni la national Gallery, ni le Really British Museum, ni la Tate n'ont réalisé d'aussi belles ventes que le Victoria and Albert.

Ces pays émergents sont tellement superficiels: récupérer son patrimoine national, quelle idée ridicule!

Mais tant mieux pour les caisses du musée…

L'espace ainsi libéré, et l'argent ainsi récupéré, ont permis l'installation du nouveau musée.

Comme dans de nombreux musées modernes, La visite commence à partir du dernier étage de l'édifice.

 Le musée est organisé sous forme de parcours interactif.

Il s'ouvre une première "boooh room" comprendre une "salle des huées".

La foule, rassemblée dans une salle obscure, y contemple en boucle Edward Heath signant en le traité d'adhésion du Royaume Uni en 1972 à ce qui n'était encore que les Communautés Européennes.

Le public est invité à huer le premier ministre d'alors, la scène de signature se répétant en boucle et la salle sans fenêtres restant hermétiquement fermée, tant qu'un certain niveau sonore de huées n'est pas atteint.

Choisissez donc un jour de grande affluence, sinon vous pourrez attendre un certain temps.

Les gardiens de la Séparation, qui gèrent le musée, veillent : si la salle est silencieuse en signe de protestation (car il y a eu des tentatives courageuses) ils feront une descente de police, embarqueront sans autre forme de procès les anglais présents, et soumettront les étrangers à de longs interrogatoires, au mieux, ou à une détention administrative de quelques jours dans des conditions désagréables.

 Dans l'intérêt de tous les membres du groupe, y compris vous-même, ouvrez la grande, même si vous n'en pensez pas un mot ou si vous vous en fichez éperdument.

Quand on visite Qom on ne crache pas sur le tombeau de Khomeiny, c'est tout.

La porte une fois débloquée, vous entrerez dans un couloir dit "de la honte" ("corridor of shame") de forme hélicoïdale comme la rampe du musée Guggenheim à New York mais plongée dans le noir.

Cette rampe porte également le nom de "tunnel des horreurs" ("horrors tunnel")
.
Sur le principe du train fantôme de fête foraine, vous verrez défiler sur les parois, grâce à des vidéo-projecteurs astucieusement disposés, toutes les turpitudes accumulées par l'Union européenne:

- montagnes de beurre,

- lacs de vins,

-fromages non pasteurisés,

- vues hypnotiques tournoyantes du Berlaymont, du Charlemagne et du Justus Lipsius les bâtiments emblématiques des institution européennes,

- déferlement de réfugiés somaliens,

- ouvriers polonais rebâtissant des maisons,

-traders français penché sur des écrans,

- garçons de café français souriants (oui ça existe, ou plutôt ça existait, mais à Londres seulement),

-tondeuses sur-réglementées[1] etc

Le tout est accompagné des odeurs correspondantes, curry pour les réfugiés, sueur pour les polonais, aïl pour les français, puanteur organique pour les fromages non pasteurisés, vinasse pour les excédents viticoles.

La musique sonorisant ce tourbillon d'images est un rap techno, au rythme obsédant, qui pilonne en boucle la voix de Margaret Thacher, samplée au sommet de Fontainebleau " -I want, I want ,my money .my money, ney, ney, back, back , I want my money back, back, back, back …".

Une pause bienvenue dans ce tourbillon cauchemardesque est une salle intermédiaire contenant la reconstitution d'un conseil européen où Boris fait le pitre.

Massés dans une "blow room" vous, et votre groupe, pourrez souffler dans des tuyaux individuels (dont l'embout est désinfecté entre chaque passage de groupe), pour essayer de dérouler la langue de belle-mère que Boris tient dans sa bouche.

Si vous sifflez vraiment très fort vous pourrez même faire sortir de sa trappe le petit oiseau dissimulé dans le chapeau de cotillon de Boris.

Allez-y de bon cœur. Soufflez à perdre haleine.

Car, là encore, les gardiens de la séparation veillent : la langue de belle-mère de Boris ne saurait rester flaccide.

 L'étape suivante est constituée de deux salles, de part et d'autre du "corridor of shame". La première est brillamment éclairée. Elle contiennent les statues de cire des héros du Brexit.

 Nigel Farage et Boris sont bien sûr au premier rang, entourés par les figures tutélaires de Henri II et de Henri VIII, les deux premiers souverains à avoir lutté contre les juges et la fiscalité étrangère, l'un flanqué du cadavre de Thomas Beckett et l'autre du cadavre de Thomas More.

A l'arrière-plan deux autres héros mineurs du Brexit: David Cameron, qui l'a rendu possible, en convoquant le referendum et Jeremy Corbin ,dont la campagne lamentable pour le camp du remain, a permis la glorieuse victoire du Leave.

---

[1] Sans rire, beaucoup d'anglais se sont déterminés pour le non à cause d'histoires de réglementation de tondeuses ,voire de hauteur de haies, mille fois répétées, par Boris Johnson entre autres.

Symétriquement la tentative britannico¨-batave d'imposer l'interdiction des fromages au lait cru a failli faire perdre le referendum de Maastricht au président Mitterrand et donc à l'Europe . Etonnante symétrie, parfait tryptique même, avec la commission (qui a le monopole de l'initiative législative) au milieu. Van Eyck ou Schongauer n'auraient pas fait mieux que les conservateurs du musée. Les brexiters sont décidément des artistes et des esthètes .Ce triomphe de la volonté a déjà son Albert Speer et sa Leni Rieffensthal .

L'autre salle dite "shame room"(salle de la honte) ou "traitors room" ("salle des traîtres") contient, dans une pénombre salutaire, les bustes des europhiles les plus notoires, d'Edward Heath a Sadiq Khan et Joe Cox sans parler de tous les commissaires britanniques en exercice de Roy Jenkins à Neil Kinnock en passant par Leon Brittan et Peter Mandelson.

Le parcours se termine sur une double salle à nouveau.

D'un côté une reconstitution de la cérémonie de signature de la "Glorious Letter" par Theresa May, au 10 Downing Street.

De l'autre, une reconstitution de la remise de ladite lettre à Bruxelles par l'ambassadeur britannique à Donald Tusk, président du Conseil Européen, faisant grise mine.

Selon un principe éprouvé, vous pourrez acclamer la première dans un "clap room" et huer la réponse de Donald Tusk "Ce n'est un bon jour pour personne" dans une "booh room" adjacente.

Là encore, allez-y de bon cœur, si vous voulez éviter des ennuis.

Au terme de ce parcours, vous pourrez lâcher les enfants dans la salle des jeux vidéo gratuits où ils pourront repousser à la mer, virtuellement, Jules César, l'empereur Claude et Guillaume le Conquérant.

Vous-même, vous pourrez faire l'acquisition de mugs ou de posters à l'effigie des héros du Brexit à la boutique où vous désaltérer au bar et y déguster un chips and chips ou un kidney and kidney pie.

Au total, une visite un peu kitsch mais indispensable pour comprendre l'Angleterre d'aujourd'hui et donc chaudement recommandée.

4.
the Really British Museum
Londres

Rebaptisé the "Really British Museum" en 2026 (pour le dixième anniversaire du vote sur le Brexit) le British Museum a harmonisé ses collections avec son nouvel intitulé.

Il s'est en effet débarrassé de toutes ses collections d'origine non anglaises, revendues à l'étranger pour "purger ce haut lieu de la culture nationale des influences délétères continentales et autres" selon les mots mêmes du premier ministre lors de sa ré-inauguration.

Exit donc les taureaux assyriens géants de porphyre de Khorsabad (échangés avec l'Irak contre la cargaison de cinq pétroliers pour repeupler les salles du musée de Mossoul mises à mal par DAECH)

Ils ont été remplacés par une réplique en carton -pâte de Stonehenge offerte, par Disney, en échange de la concession du site où la firme a créé un parc d'attraction "cavemen" avec parade druidique géante et hôtels all inclusive sur la chaussée cérémonielle.

Evacuées, les frises du Parthénon (rendues à la Grèce en 2028 en échange d'un prêt bonifié de 200 millions d'euros soit six milliards de livres d'alors - la sterling étant encore à l'époque une devise relativement solide[2]).

Exit également, la pierre de Rosette rendue à l'Egypte (malgré une tentative de dernière minute du musée de Lyon de surenchérir), en reconnaissance d'un don humanitaire consenti par l'Egypte après les refus successifs et humiliants du FMI, de la Banque Mondiale, du Programme Alimentaire Mondial et du Haut Commissariat aux Réfugiés, de venir en aide au pays.

 Exit enfin les statues de l'île de Pâques rendues au Chili, en échange de leur poids en saumon.

 "une très bonne affaire, vu leurs poids" avait claironné triomphalement le ministre du ravitaillement de l'époque, depuis tragiquement décédé après une entrevue houleuse avec des administrés excédés, affamés et peut être cannibales.

Mais il s'agit, nul doute, de rumeurs : on n'a jamais retrouvé le cadavre, même pas un os (probablement rongé jusqu'à la moelle diront les amateurs de théorie du complot).

Dans les grandes salles quasi désertes, aux vitrines vides, où la marque des socles des pièces revendues est peu à peu effacée par la poussière, on a disposé, de ça, de là, de très

---

[2] Nous ne donnons pas d'équivalent pour aujourd'hui, 2035, compte tenu de l'hyper-inflation qui rendrait immédiatement obsolète notre information

belles pièces archéologiques datant du paléolithique anglais, seule période dont on soit absolument sûr que les habitants étaient réellement autochtones.

En effet ils n'avaient pas traversé la mer, puisqu'à l'époque des glaciations, il n'y en avait tout simplement pas.

On a beau dire un silex bien taillé, c'est autre chose qu'une frise de Praxitèle.

Aucune pièce postérieure à l'âge du bronze, puisque dès l'âge du fer les invasions en provenance du continent et, avec elles, les influences continentales délétères commencent : celtes, puis romains puis angles, saxons et jutes puis finalement, horreur parmi les horreurs, normands francophones…

5.
Madame Tussaud's wax museum
Londres

Fondé par une émigrée française pour effrayer les anglais grâce des masques mortuaires des victimes de la Terreur, Madame Tussaud's, l'équivalent du local du musée Grévin, n'est plus que l 'ombre de lui-même.

Avant le Brexit, il attirait traditionnellement ses visiteurs par des statues de cire de célébrités du moment: pop stars, acteurs et actrices de cinéma, footballeurs.

Les nouvelles lois interdisent de représenter physiquement et de manière flatteuse des individus qui ont choisi l'exil (le Brexit est, à sa façon une iconoclastie: on comprend mieux la parenté idéologique entre DAECH à Palmyre et la rage des fondamentalistes anglicans à détruire les dernières abbayes).

Cela est considéré comme une incitation au délit de fuite.

Et cela est puni des mêmes peines.

Or, naturellement, toutes ces vedettes ou ces stars ou starlettes se sont exilées dans d'autres pays anglophones voire ailleurs et même, horreur des horreurs, en Europe Continentale, dès qu'ils ont en eu l'occasion.

Et sans espoir de retour (Colin Firth jouant dans "la gamelle d'un prince" étant l'exception qui confirme la règle).

Impossible de renouveler le stock avec de nouvelles stars ou starlettes.

Dès qu'ils ou elles sont un peu connu(e)s, ils ou elles prennent, à leur tour, le chemin de l'exil.

Reste, comme contemporains, les hommes politiques.

Mais comment lutter avec les moyens et les dispositifs high-tech du "Nigel et Boris Museum" financés, à fonds perdus, par les gardiens de la séparation ?

Reste aussi la famille royale.

Mais là, il y a un os.

La cour a des goûts de luxe et consomme beaucoup de produits importés.

Si, malgré les coupes budgétaires tous azimuths, la liste civile est restée constante en livres (le gouvernement y a veillé: quoi de plus brexcitant que la monarchie?), son pouvoir d'achat en devises s'est écroulé.

Du coup la famille royale s'est mise à exiger des royalties (les bien-nommées) sur la reproduction de ses images, royalties libellées bien sûr, en dollars, en euros ou en francs suisses, au choix. Soyons sérieux.

Le gouvernement a laissé faire, par peur du scandale, et par peur d'un désaveu royal.

Certains disent même qu'il en croque.

Quoiqu'il en soit, à ce prix, le musée Tussaud's peut se payer tout au plus une reine agitant mécaniquement le bras dans sa queenomobile, mais pas la reconstitution des deux derniers mariages princiers.

Reste, enfin, les personnages historiques.

Mais, là aussi, la concurrence est rude : les reconstitutions holographiques de décapitation à la tour de Londres attirent un public considérable venu du monde entier.

Comment lutter? Avec des personnages morts de leur belle mort dans leur lit comme Cromwell ou Disraeli?

à quoi bon? Personne ne les connait, ni les anglais, ni les étrangers. C'est à peine s'ils reconnaissent Churchill.

Le siège central de l'entreprise Tussaud's, aujourd'hui basé à Singapour, n'investit plus depuis longtemps à Londres.

Bien au contraire, il vide les caves du musée de ses dernières pièces intéressantes pour développer d'autres succursales bien plus profitables : Gandhi et Mountbatten attirent encore du monde à Delhi, Ali Jinnah à Lahore et Karachi, Nkruma à Accra, Luggard à Lagos et Abuja, Victoria à Lucknow, l'épicentre de la révolte des Cipayes, Rhodes à Harare et à joburg et Pretoria (bien que dans ces deux derniers cas il faille le mettre dans une vitrine et essuyer régulièrement les crachats).

Le musée a aussi revendu fort cher (et en une devise forte : la livre turque) la statue de cire de Churchill au mausolée/musée d'Ataturk à Ankara: le vainqueur de Gallipoli y fait désormais face à son vaincu.

Bref courez vite au musée Tussaud avant qu'il ne ferme, après deux bons siècles d'existence.

Comme pour la fermeture de la Samaritaine ou de Jussieu, vous pourrez dire "j'y étais".

6.

London Tower

museum /amusement park

Londres

En apparence la tour de Londres n'a pas changé. Ses murs gris et sinistres, ses dizaines de milliers de touristes, et ses gardes à l'uniforme bariolé, les yeomen warders, sont toujours là.

A y regarder de plus près, cependant, il y a tout de même des différences.

Les gardes sont plus maigres et moins aimables.

Eux qu'on surnommait les beefeaters ("les mangeurs de bœuf") et qui avait donné ce surnom à une fameuse marque de gin (qui les régalaient probablement à l'œil) sont maintenant surnommés les "raven eaters", les "mangeurs de corbeaux".

En effet les corbeaux aux ailes rognées, qui, de tout temps, ont gardé la tour et mangeaient les yeux des condamnés exécutés, ont tous disparu.

Ils ont été probablement mangés par des riverains affamés, comme l'ont été les animaux du zoo de Londres un soir d'émeute.

Mais les londoniens, facétieux, ont attribué ce crime aux gardiens.

Ceux-ci détestent qu'on y fasse allusion.

Autre changement majeur, les joyaux de la couronne ne sont plus là, mais stockés aux Etats Unis, à Fort Knox en gage, comme on le sait, d'un prêt et de l'ouverture de négociations pour faire de l'Angleterre, le cinquante et unième Etat des Etats Unis.

Ces négociations ont échoué, provoquant la fuite et l'exil de Boris Johnson aux Etats Unis et l'arrivée au pouvoir de l'UKIP.

Mais les joyaux de la couronne sont restés là-bas.

Et ils y sont pour longtemps, puisque le prêt est toujours en attente de remboursement.

A leur place, des répliques en toc, qui sont loin de valoir celles du Smithsonian sur le Mall à Washington.

Elles suffisent cependant au bonheur des enfants.

En effet la Tour a été, comme bien des monuments anglais, transformée en parc d'attraction.

Ce parc a deux sections, une pour les adultes et une pour les enfants.

Côté enfants, l'attraction la plus courue est, avec la salle de torture, la salle des joyaux où ils peuvent jouer à passer entre des rayons lasers de couleur sans les toucher en se contorsionnant pour atteindre les vitrines.

Une petite décharge électrique en cas d'échec, quasi-inévitable, ajoute du piquant à la chose.

Côté adultes, le clou du spectacle est une reconstitution holographique de toutes les exécutions capitales célèbres ayant eu lieu à la Tour.

Entièrement automatisée, l'attraction tourne 24 heures sur 24, 7 jours sur 7, ce qui permet de réguler le flot des visiteurs.

Elle est particulièrement saisissante la nuit.

Vous verrez ainsi défiler et se faire décoller, plus ou moins efficacement (pour Ann Boleyn le bourreau s'y est repris a six fois) Ann Boleyn donc, Catherine Howard autre épouse d'Henri VIII , Lady Jane Grey qui ne fut reine que six jours, Raleigh, le comte d'Essex , Thomas More. Etc …

En bonus vous aurez droit à la strangulation de deux petits héritiers de la couronne par Tyrrell, sur les ordres de Richard III.

L'encornement, par le fondement, d'Edouard II vous sera épargné, non par pudeur, mais parce qu'il a eu lieu ailleurs, comme d'ailleurs l'exécution de Charles Ier par Cromwell ou celle de Mary Tudor.

Ici on fait désormais dans l'entertainment, certes, mais avec une grande rigueur historique.

Notez la remarquable bande son en stéréo surround qui diffuse de la musique contemporaine de chaque exécution.

Vous pourrez donc ainsi écouter ou ré-écouter les plus beaux morceaux de Byrd, Tallis, Dowland et Purcell, entres autres.

Notre opinion: honnêtement, une fois qu'on a vu une décapitation à la hache et une pendaison, même suivie d'éviscération, on les a toutes vues.

Pourtant l'attraction est très courue et ne désemplit pas.

Il faut réserver des semaines à l'avance, même pour les séances de nuit.

D'après les gardes, il y a des japonais et des saoudiens qui y passent des journées entières.

Des mélomanes, sans doute.

DE LA SALADE SUR LES DENTS DE LA JOCONDE

7 .Hampton court museum/
Bluebaird amusement park
Hampton court

Hampton Court, le magnifique palais de style Tudor qu'Henri VIII avait confisqué au cardinal Wolseley avant de le faire décapiter, est devenu, lui aussi, un parc à thèmes.

Cette fois autour du personnage de barbe bleue, le "Blue baird amusement park".

Les fondamentalistes anglicans considèrent cette reconversion comme un blasphème et ont émis un anathème (l'équivalent local d'une fatwa) vouant le parc à la destruction, et ses promoteurs, à l'assassinat.

Du coup, comme à Westminster, la sécurité est extrêmement poussée. Mais cette fois, comme le parc, elle est gérée par le secteur privé.

 La brutalité des vigiles et de leurs fouilles au corps ont très vite attiré l'attention des organisateurs de circuits SM.

Ces tour-operators spécialisés représentent désormais l'essentiel des réservations.

Le spectacle n'est plus dans le palais mais à son entrée.

Le tout se fait en costumes et armures d'époque.

 Il y a peut-être une main de velours dans le gantelet de fer, mais ce n'est pas certain.

À ne pas manquer si vous êtes à la recherche d'expériences nouvelles.

DE LA SALADE SUR LES DENTS DE LA JOCONDE

BABARSTAN

4 MUSÉES AU FOND DE LA STEPPE

DE LA SALADE SUR LES DENTS DE LA JOCONDE

8.
Shantalgoya Gougnafieff 's
hall of fame:

Situé à l'intérieur du complexe présidentiel, ce musée est consacré à la carrière de chanteuse de la fille du président et de son groupe "SG devotion".

On y trouve, placardés aux murs, tous ses disques d'or (l'achat du dernier album en date est intégré au troisième tiers provisionnel de l'impôt sur le revenu).

Pour l'impôt sur les sociétés, le système retenu est celui du forfait : 100 albums par tranche d'un million de Gougniafs -environ 2000 euros- de chiffre d'affaires.

Des rabais sont consentis aux multinationales dans le cadre de la politique de promotion des investissements.

Le musée abrite également tous les costumes de scène de la star.

Soyez prudent lors de votre visite -obligatoire pour tous les hôtes du président-- un commentaire malencontreux, comparant le musée au Disney store, a valu à une touriste autrichienne 6 mois de prison ferme.

Le clou de cette collection est le string et le soutien-gorge à balconnets et à pompons incrustés de diamants porté par la star lors de sa dernière participation au concours Eurovision.

Shantalgoya Gougnaffief gagne en effet chaque année, à la régulière, les sélections nationales organisées par la radio-télévision babarstanaise, propriété de son oncle.

Elle a, à cette occasion, réussi son meilleur score jusque là : 3 points, juste derrière le candidat luxembourgeois.

Compte tenu des formes généreuses de la belle, l'ONG Transparency International a estimé le coût des diamants incrustés sur le string et le soutien-gorge à deux ans de Produit Intérieur Brut du pays.

"C'aurait pu être une gaine et un bustier" a répliqué Shantalgoya à ses détracteurs, mettant ainsi en avant son sens de l'économie.

Ce chiffre est de toute façon très exagéré, car il ne tient compte, ni de la fortune personnelle du président et de sa famille et belle famille, ni de l'auto-consommation.

Voilà bien comment sont les ONG : elles ne comprennent rien, ni les artistes, ni le b a ba de l'économie de marché.

Cette performance à l'eurovision avec une chanson au refrain entrainant ("schlag, schlag, schlag, goulag, goulag, goulag"), est reproduite sous forme d'hologramme 3D sur la petite scène au fond du musée .

Un des murs du musée est entièrement consacré aux opérations de chirurgie esthétique de Shantalgoya.

Elles sont documentées, entaille par entaille, avec des photos de l'intervention, des sutures, des bandages et du résultat final.

Chaque photo est une dalle d'environ trente centimètres de côté.

Elles ont été disposées dans un désordre savant, mélangeant les diverses interventions et leurs stades.

 Elles composent ainsi un kaléidoscope du corps féminin en route vers la perfection par le scalpel, qui n'est pas sans rappeler les photomontages d'Annette Messager et les dessins de Roman Slocombe sur le même thème (la minerve en moins).

Mais ces ressemblances sont involontaires l'intention du conservateur étant avant tout documentaire.

Le résultat final est un intéressant croisement de Barbie, de Cher, de Lolo Ferrari et d'Annah Winthur avec un zeste d'Emmanuel Béart pour les lèvres.

 Si l'ensemble correspond, plus ou moins, aux canons esthétiques des soaps operas nord-américains ou des telenovelas latinas, il n'inspire guère les babarstanais, amateurs de formes plus cylindriques.

Toutefois, personne ne vous l'avouera, même en privé, toute remarque de ce genre étant passible d'exécution capitale sommaire ou, pire encore, de prison.

Vous remarquerez aussi les souvenirs des "masterclass(es)" que s'est offertes Shantalogya avec tous les grands noms de la variété anglo-saxonne.

On la voit, à chaque fois, remettre à la vedette un chèque d'un milliard de gougniafs comme prix provenant de la "fondation Gougnafieff pour le soutien aux grands artistes fiscalement matraqués".

C'est en fait un demi-cadeau, car les conditions d'attribution du prix stipulent que l'argent doit être réinvesti au Babarstan via le "Babarstanese World Trade and Financial Center"(BTWFC) aux conditions habituelles (joint-venture à 51 pour cent avec la famille Gougnafieff).

En échange, la vedette permet l'usage des photos de la remise du prix pour la promotion du BWTFC dans les journaux people et dans les magazines destinés aux professions libérales.

Les sourires des vedettes sont parfois un peu contraints, peut être après une séance d'enregistrement de duos éprouvante.

On dit que le jeune Michael J., pourtant peu regardant sur le choix de ses partenaires, comme l'ont montré plusieurs procès, ne s'en est jamais remis.

Mais que ne ferait-on pas pour un chèque avec neuf zéros, même libellé en gougniafs.

9.
Musée à ciel ouvert
de l'industrie planifiée :

~ 31 ~

Il s'agit du plus grand complexe industriel de ce côté-ci de la Caspienne, aujourd'hui désaffecté.

Il comprend notamment une usine d'ampoules électriques dont le dernier convoi ferroviaire de livraison, resté à quai, constitue le plus grand amas de verre pilé d'Europe (les ampoules étaient expédiées vers l'ouest sans emballage).

Ne manquez pas non plus l' usine AEG, démontée en 1945 dans la banlieue de Berlin, et jamais remontée, les plans ayant été perdus pendant le voyage.

Elle avait pour vocation de fournir tout l'empire soviétique en phonographe à pavillon pour soixante-dix-huit tours et en poste TSF à galène.

Les machines sont encore emballées et hors eau, le toit du bâtiment ne s'étant pas écroulé, contrairement à d'autres dans le combinat.

Elles n'attendent qu'un repreneur.

DE LA SALADE SUR LES DENTS DE LA JOCONDE

10.
Musée mondial de l'emballage alcoolique

Une véritable institution nationale:

La distillerie Lambo est la seule installation industrielle encore en fonctionnement au Babarstan, même si elle connaît de nombreux incidents de production, dus à l'obsolescence de son équipement, qui date, pour l'essentiel, d'avant la révolution d'octobre.

Le président Gougnaffief prête la plus grande attention à ces problèmes car, en fin connaisseur de l'âme babarstanaise, il sait que sa survie politique en dépend.

Un proverbe babarstanais datant de l'époque des dévastations mongoles, ne dit-il pas justement "les babarstanais peuvent tout endurer, sauf la soif ".

D' ailleurs c'est peut être à la distillerie, et aux mesures énergiques qu'il a su prendre pour elle, que le président doit sa position actuelle.

Les indépendantistes rebelles ont en effet joué de malchance.

La distillerie a connu sa première panne de production majeure peu après la proclamation de l'indépendance, non pas à cause des troubles mais du fait de la mort du dernier prisonnier de guerre allemand, raflé dans les distilleries de schnapps en1945, qui savait régler les broyeurs et entretenir l'alambic.

 Rentré au pays dans les soutes des bombardiers lourds Antonov des troupes fédérales russes, le futur président Gougnaffief avait immédiatement fait remettre en état de marche la distillerie par des experts finlandais et suédois, attirés à coups de primes mirobolantes .

Par la suite, il avait conseillé au commandement des troupes fédérales de mener un blocus sans pitié, non pas sur l'approvisionnement en armes ou en nourriture des zones rebelles, mais sur leur approvisionnement en alcool.

Les rebelles ont tenu quelques mois, à coup de samogons auto-distillés, mais leur efficacité opérationnelle a été considérablement diminuée par le nombre croissant dans leurs rangs de miliciens malvoyants, voire aveugles.

Confronté au choix, douloureux, entre une révolte sobre et un retour à l'ordre normal des choses, les chefs des principaux groupes insurgés se sont rendus, un à un, sous la pression de leurs troupes.

Une fois la situation normalisée, le désormais président, Gougnaffief, a offert son hospitalité aux familles des experts suédois et finlandais, qu'il a logé dans un compound annexé au palais présidentiel sévèrement gardé pour les protéger des agressions extérieures (quelques indépendantistes jusqu'au boutistes se proposaient de les enlever).

Cette protection rapprochée des familles a permis, quelques années plus tard, au président Gougnaffief de convaincre les experts, initialement réticents, de renouveler indéfiniment leur contrat, belle preuve d'engagement professionnel.

Une collection exceptionnelle:

En tant que première (et seule) entreprise industrielle du pays la distillerie Lambo a d'importantes activités de mécénat culturel.

Parmi celles-ci on trouve le "musée mondial de l'emballage alcoolique".

 Son origine est la collection personnelle de canettes de bière que le fils du président, Timour Gengis, avait commencé lors de ses voyages d'études en Europe et aux Etats Unis, notamment à Gstaad, Mégève, Courchevel, Cortina d'Ampezzo, Aspen et Vail.

Devenu PDG et propriétaire de la distillerie, par ses seuls mérites entrepreneuriaux, Timour Gengis a fait don de sa collection à une fondation et a entrepris de l'élargir à tous les contenants, de tous les alcools, de tous les temps et de tous les lieux.

Cette ambition quasi-démiurgique donne le vertige-

 Mais le résultat est là, sous vos yeux.

De l'amphore romaine à la capsule plastique lyophilisée de vodka du programme spatial russe, de la calebasse papoue aux flacons de cognac en baccarat, ce musée possède réellement la plus riche collection du monde en la matière.

Elle est malheureusement méconnue.

Pour remédier à cela, le président Gougnafieff a entrepris une campagne diplomatique de grande ampleur (un mois de production de l'usine Lamborghini) pour le faire classer au patrimoine mondial de l'Unesco, sinon comme monument historique (l'usine est située dans un ancien complexe pénitentiaire du 19ème siècle sans grâce) du moins au titre du patrimoine immatériel, comme les français viennent de l'obtenir pour leur soi- disant "gastronomie".

La commission d'experts, finalement envoyée par l'Unesco pour instruire le dossier, a émis des doutes sur l'authenticité de certaines pièces historiques, achetées à prix d'or à un antiquaire parisien, comme la coupe où Cléopâtre, dissolvait ses perles dans du vinaigre (un alcool titrant peu, mais un alcool quand même)- ou la chope que brandissait Hitler lors du putsch de la brasserie en 1923.

Le président a mal pris ces contretemps et a entrepris de les régler à sa manière.

L'antiquaire, après avoir perdu une phalange dans un malheureux accident, a fait don des pièces litigieuses "pour dissiper les calomnies".

 le président a offert, par ailleurs, une hospitalité permanente à la délégation d'experts de l'Unesco, pour qu'elle puisse approfondir ses recherches.

Au moment de la publication de ce guide, ils n'étaient pas encore revenus à leur base parisienne, mais la décision de classement était imminente.

Attention n'essayez surtout pas de toucher les pièces exposées, ni même de vous en approcher de trop près.

 Les pièces sont certes apparemment posées sans protection sur des étagères savamment éclairées.

Mais, pour les protéger de leurs propres gardiens, pour qui l'idée d'une canette ou d'une bouteille pleine, non ouverte et à proximité, est une tentation irrésistible, les conservateurs du musée ont installé le système de protection "shariask".

C'est une invention babarstanaise, la seule pour laquelle un brevet ait jamais été déposé.

 Il s'agit d'un ingénieux mécanisme de couperet vertical déclenché par le rayon d'une cellule photo-électrique.

Il a été imaginé par un mécanicien babarstanais, de retour de son service militaire en Afghanistan.

Les mains coupées baignant dans des aquariums de formol, qui décorent la pièce, ne sont donc pas de l'art contemporain, mais un rappel des règles de sécurité et de conduite en vigueur dans le musée.

11.

Eco-musée /Distillerie lambo

Une visite haute en couleurs:

 La visite du musée peut être couplée avec une visite de l'usine et une dégustation.

Nous vous conseillons cette option car elle s'achève sur une note pittoresque, le retour à votre chambre d'hôtel ou au palais présidentiel, dans le même véhicule que celui utilisé par tous les babarstanais le samedi soir : une brouette soulevée et poussée par une robuste babarstanaise au physique de kolkhozienne.

Attention, lors de la visite des broyeurs et des cuves : le chemin de ronde n'est pas toujours protégé par des balustrades, et celles qui sont encore en place sont rouillées et fragiles .ne vous appuyez donc pas sur elles.

Les accidents du travail sont d'ailleurs assez fréquents en fin de journée, en fin de semaine, et les jours de paie.

Dans ce cas, toute l'usine est arrêtée et la cuvée en cours, dite "du noyé" ou "du nageur", selon la promptitude des secours, est mise de côté pour être bue par le personnel avec solennité et recueillement lors de l'enterrement du malheureux travailleur.

Il s'en vend également en contrebande car, plus trouble, elle passe pour être plus goûteuse grâce à son léger gout musqué.

DE LA SALADE SUR LES DENTS DE LA JOCONDE

BANAMA

CUATROS MUSEOS
"MUY CALIENTES"

~ 40 ~

12.

Museo de las fuerzas armadas y de los golpes (MFAyG)

(Musée des forces armées

et des coups d'états)

Grocolòn

15 avenida Carlo Malaparte

Le museo de las fuerzas armadas y de los golpes est la réponse du gouvernement militaire au projet du gouvernement civil de 1968 de "musée des civilisations et des arts précolombiens".

Avec sa rampe spiralée descendante, son architecture évoque celle du musée Guggenheim (de New York, pas de Bilbao car, avec leurs goûts datés et leur sens, très relatif, du dialogue, les militaires auraient probablement fait interner Franck Gehry et son équipe).

On y retrouve aussi l'écho du Museo del Caracol (de l'escargot) le musée historique de Mexico city, à peu près consacré aux mêmes thèmes, mais limité au dix-neuvième siècle.

Son architecture évoque enfin celle d'un parking souterrain et ,précisement, cellle du parking souterrain de Rive, à Genève, dans le quartier des banques.

Il a la même forme de vis sans fin enroulée autour d'un puits sombre, traversé de lueurs fantomatiques, d'une colonne d'ascenseur et de passerelles à intervalles réguliers.

Il s'enfonce dans l'obscurité, tel un intestin de pierre, vers un anus enfoui, prêt à déféquer directement en enfer et avec leurs passagers, les Audi, Mercedes, BMW et Ferrari, pas toujours bien acquises, qui s'y garent.

Bref ,un accouplement monstrueux des visions du Piranèse et de celles de Dante.

Ce n'est pas un hasard. Déjà très pragmatique, le général Habacuc Gomez y Wesson dit Napalmito, une légende locale, alors simple ministre des travaux publics dans la première junte à laquelle il ait participé, a repris à son compte les plans d'un parking souterrain déjà planifié.

Ses partisans disent qu'il l'a fait dans le souci d'épargner les deniers publics.

Ses admirateurs, plus nombreux encore, qu'il l'a fait dans le souci de s'en mettre plein les poches.

Quoiqu'il en soit, ce n'est pas la première fois que les plans d'un bâtiment banal produisent, en fin de compte, un monument notable.

Ainsi le Berlaymont, le bâtiment en forme d'hélice tri-pales qui a longtemps abrité la Commission des Communautés Européennes à Bruxelles était destiné au départ à un hôtel dans les Caraïbes.

Pour en faire un repaire de technocrates apatrides et irresponsables, comme le disait joliment le Général De Gaulle, on s'est contenté d'enlever les salles de bains prévues à l'origine.

Cet immeuble était aussi plein d'amiante, le matériau miracle à l'époque de sa construction.

Hélas, pour les eurosceptiques et les souverainistes de tout poil, l'amiante n'a tué que quelques fonctionnaires subalternes, restés là trop longtemps, mais aucun eurocrate de haut vol et le bâtiment a été finalement désamianté au prix fort, ce qui a alourdi un peu plus le budget européen.

Le museo de las fuerzas armadas est resté encore plus fidèle à son modèle original de parking que le Berlaymont à son modèle d'hôtel.

Le puits central, avec les ascenseurs et les passerelles, a été conservé, ainsi que la piste qui spirale autour. Le tout est également plongé dans l'obscurité et ne s'illumine que par section, à l'arrivée de visiteurs.

Chaque alvéole entre deux piliers, conçue pour recevoir trois voitures, est devenue une salle d'exposition dans laquelle se trouve, soit un décor avec des mannequins de cire, façon musée Grévin ou Tussaud's évoquant tel ou tel golpe, soit une véritable installation audiovisuelle interactive se déclenchant au passage des visiteurs.

Pour leur permettre de profiter pleinement de ces effets spéciaux, les visiteurs sont en effet dotés à l'entrée du musée de lunettes 3D et d'un casque audio qui les font ressembler à Yves Montand, interprétant Arthur London dans l'aveu, le film de Costa Gavras.

Les militaires ont toujours aimé les gadgets coûteux. D'ailleurs cette comparaison n'est pas déraisonnable, puisqu'on lie aussi les mains des visiteurs derrière leur dos au début de la visite pour les empêcher de toucher aux pièces exposées.

La première installation audiovisuelle qui permet de tester ce singulier harnachement est un box consacré exclusivement à des poteaux d'éxécutions du XIX ème siècle qui vous permettra d'apprécier l'évolution des calibres employés par les pelotons d'exécution.

Au moment de quitter ce box, surprise!

Grâce à la magie des lunettes 3D vous aurez l'impression qu'un bandeau tombe subitement sur vos yeux.

 Totalement abasourdi, vous entendrez un roulement de tambour, un commandement et vous recevrez des projectiles dans tout le corps en même temps que vous entendrez une salve.

En fait il s'agit d'inoffensives gouttes d'eau, mais projetées à si forte pression, par un compresseur Karcher, que, la surprise aidant, elles vous couperont le souffle et vous plieront en deux.

Effet garanti ,et impression unique puisque ni Disney ni le Futuroscope n'ont ça en magasin.

Même effet de surprise, un peu plus loin, donc un peu plus bas, dans un box consacré aux exploits de Napalmito dans les hautes terres.

Au son de la chevauchée des walkyries de Wagner, à fond les manettes, vous verrez fondre sur vous en 3D un hélicoptère lourd Sikorsky, tout en ayant l'impression d'être léché (le conservateur vous gâte) par des flammes, en fait d'innocents tourbillons d'air chaud, d'air très chaud.

Nous ne voulons pas déflorer plus avant les nombreuses surprises interactives du musée.

Nous concentrerons donc notre description sur les box "statiques" classiques.

L'évocation de la période coloniale (puisque pour les militaires l'histoire commence en 1492, comme pour les saoudiens en 632) est particulièrement réussie.

 Elle s'ouvre sur une réplique de salle de torture de l'inquisition, censée représenter celle du couvent San Ignacio y Felicia ,que les dominicains avait installé immédiatement à la place du grand autel sacrificiel de l'ile de Tutlapeltl Kakahuetl, au milieu du Lago de Sangre, rebaptisée, à l'occasion, laguna de mosquitos.

On saisit là l'ampleur de l'oeuvre civilisatrice des conquistadors: arracher le coeur d'un ennemi après l'avoir drogué et brûler un hérétique après l'avoir torturé, pour lui faire avouer ses erreurs, ça n'a rigoureusement rien à voir.

Et que dire de l'encore plus paisible convento Chantal y Thomas, sis, lui aussi, au bord de la lagune et où les jeunes filles de l'aristocratie créole brodaient les dessous de leur futur trousseau.

La pièce la plus impressionnante de ce box n'est pas le chevalet ou l'assortiment de fers rouges et de les braseros, qu'on a vu partout, mais la reproduction d'une chaise à garrot, qui est resté le mode d'exécution capitale officiel en Espagne jusqu'à la mort de Franco, qui en fit un abondant usage.

Au Banama, le peloton d'exécution l'a remplacé au cours du XIX ème siècle, mais le souvenir s'en est conservé, vivace, dans la mémoire populaire.

D'ailleurs la réplique présentée vient du hall des bâtiments administratifs de la "Plantaciòn bananera numero uno" fondée par John Crook-Garrot, le premier représentant local de la General Fruit.

Il avait perçu l'aura de terreur mystique que son nom suscitait, et avait encouragé l'usage de son surnom d'"'El Garroto"

En guise de piqûre de rappel, il avait fait réaliser, par des artisans de Grocolòn, cette réplique de chaise à garrot et l'avait exposée dans le hall de ses bâtiments administratifs, histoire de rappeler à ses travailleurs ce qui pouvait les attendre.

L'engin est d'ailleurs typique de la surcharge ornementale de l'archéologie expérimentale des années 1900 : les artisans n'ont pas pu s'empêcher de donner à la chaise des pieds chantournés et une assise et un dossier en cuir damasquiné, sans parler des angelots qui surmontent le tout.

Tout aussi intéressante est l'évocation de la mort du conquistador Pedro Cabeza de Cullo d'une orchite foudroyante au bord du lac de mosquitos.

On y voit son médecin, Paulus Hougarten Van Dutroow, administrer, par jalousie, un clystère de payotl au shaman Tapavumoncrasha venu lui porter secours.

Cerise sur le gâteau, on peut, en appuyant (avec le nez, rappelez-vous que vos mains seront nouées dans votre dos) faire gonfler et dégonfler la testicule gauche du conquistador dans sa cuirasse, tandis que le gaz qui la gonfle colore de noir ladite testicule. Saisissant !

La période post-indépendance est moins richement illustrée, du moins pour un néophyte.

En effet, les box présentant, individuellement, chacun des 321 golpes survenus à ce jour, apparaissent un peu répétitifs.

On dit, en revanche, que les golpétologues, les afficionados de golpes, se régalent de chaque détail et de chaque petite variation.

La scène quasi-immuable est la suivante : au premier plan, mais de dos, le "pintor de golpe".

A peu de choses près (les militaires au lieu de l'infante, de ses naines et de son chien) on se croirait dans les Ménines de Velasquez.

C'est une référence involontaire, sans doute, car l'histoire de l'art ne figurant pas au programme du prytanée de Grocolòn.

Il existe, en effet, une fonction très prestigieuse, même si elle est peu rémunérée, celle de "pintor de golpe", depuis le premier golpe en 1822, comme il existe, chez nous, celles des peintres de marine.

Sa tâche est d'immortaliser sur la toile les vainqueurs du moment.

Cette tâche exige une grande disponibilité, puisque le golpe peut survenir à tout moment.

Les golpistes sont des clients pressés, ils paient souvent mal, et tard, quand ils paient.

Mais la nature est bien faite: les titulaires de la charge se rattrapent en éditant des estampes tirées du portrait officiel du golpe.

Ces estampes sont très recherchées par les collectionneurs.

Aujourd'hui encore, si vous trouvez dans une boite de bouquiniste sur les quais de Seine, ou au grenier, dans la vieille malle d'un grand père voyageur, une estampe d'un des pintores de golpe les plus fameux (notamment Onorio Domiero, Miguel Utamaro et Ramòn Hirochiguero) vous avez touché le jackpot: des collectionneurs Banaméens seraient prèts à vous payer des centaines de milliers de crotales pour l'acquérir.

Sotheby's en organise, d'ailleurs, une vente annuelle au Banama retransmise à la télévision nationale.

Passion, quand tu nous tiens.

Devant le pintor, la junte victorieuse au grand complet posant devant le bureau du président, au fond un employé juché sur un escabeau décroche le tableau officiel de la junte précédente.

Ce schéma est quasi immuable.

 Seuls changent les uniformes: au fil du temps le sinistre kaki informe remplace progressivement les tenues écarlates à brandebourgs, le blanc des uniformes de la marine vient jeter une touche virginale, de ça de là, surtout dans les années vingt et trente, le bleu marine des aviateurs apparaît timidement à partir des années 20 pour finalement triompher avec Napalmito dans les années quatre-vingt et quatre-vingt-dix.

Bref, une visite incontournable.

Un dernier conseil: ne jouez pas au cuistre avec les militaires, il pourrait vous en cuire.

En d'autres termes ne leur faites pas remarquer que le musée a 13 niveaux souterrains exactement comme l'enfer de la mythologie maya.

Les militaires n'ont rien à voir avec les indios, sinon les balles dont ils les arrosent parfois.

Les gènes qui les immunisent contre la malaria et la bilharioze ne proviennent pas des indios mais de la génération spontanée.

Ce sont les laboratoires scientifiques des universités évangéliques créationnistes, qui collaborent avec l'instituto de seguridad nacional, qui le leur ont affirmé.

 Rappelons, en passant, que Pasteur, comme son institut, est considéré comme un crypto communiste par la ley marcial fundamental.

Si cette véritable orgie de kaki, de bottes de cuir, de sticks, de cravaches, de chaînes, de fers et de bourreaux vous a perturbé et laissé songeur(euse) et chancelant(e), vous trouverez dans le quartier du port des établissements susceptibles de vous soulager.

Attention toutefois: si les taxis acceptent de s'y rendre volontiers, ils refusent généralement d'en repartir avant de vous avoir extorqué une grosse commission payable d'avance.

Par ailleurs, le caractère artisanal (mais tellement plus spontané) des prestations, fait que les harnachements et cravaches proviennent le plus souvent de l'écurie attenante.

Assurez-vous de la propreté du cuir avant usage, le crottin est en effet connu pour être un véritable bouillon de culture.

Le cas échéant, joignez l'utile et l'agréable: intégrez l'astiquage et le polissage à vos ris et vos jeux, et demandez en échange une petite réduction.

Si vous n'avez pas le temps de vous rendre dans le quartier du port, le room service de l'hôtel pourra certainement vous improviser un petit quelque chose, car les châtiments corporels font partie intégrante de la culture pédagogique, conjugale, sociale et agraire des Banaméens.

Les sangles -à bagages - cette fois -ne seront pas en cuir, mais elles seront moins sales qu'au sortir de l'écurie.

Dans la vie il faut savoir faire des choix. Douloureux parfois.[3]

---

[3] Le Banama est classé quatre étoiles sur quatre pour l'intensité mais seulement une étoile sur quatre pour l'hygiène dans nos deux guides de rencontre spécialisés :"Le petit fouetté" et "Démontes-moi le pneu : guide de rencontres pour personnes corpulentes". Vu 'ouverture d'esprit des militaire banaméens, le Banama n'est pas couvert dans notre guide de rencontre "Lonely tapette". Ernst Rohm y a pourtant enseigné à l'académie militaire de Grocolòn avant de partir pour la Bolivie.

13.

Escorialito y parque del escorialito
(Petit escorial et parc du petit escorial)
Grocolòn

Avenida Torquemada

Ce terme désigne l'ancien siège de la police secrète et le jardin public attenant.

Le siège de la police secrète a, en effet, été déménagé en 1969 vers des locaux neufs, plus vastes (c'était juste après un gouvernement civil et les locaux historiques ne suffisaient plus à l'ouvrage) et surtout plus proches de la ligne à haute tension panaméricaine qui parcourt l'isthme.

Le nom d'escorialito était au depart un surnom péjoratif, une allusion au grill sur lequel avait été martyrisé Saint Laurent, qui avait inspiré le plan en grille du palais de de l'Escorial, bâti par Philippe II dans la banlieue de Madrid.

En d'autres termes, point d'étape madrilène, juste un grill, comme pour Saint Laurent dans la tradition des fers rouges de l'inquisition.

 Ce sont, naturellement, les intellectuels banaméens qui avaient donné ce sobriquet à la bâtisse, située avenue Torquemada.

Au Banama, est réputé intellectuel, donc suspect, tout individu ayant entamé des études secondaires, sauf les militaires, par définition indemnes, et qui doivent savoir parler un peu anglais pour l'école de l'isthme, et savoir compter pour remplir leur tableau d'objectifs.

Le paradoxe est que les intellectuels, eux aussi, viennent, pour la plupart, des quince familias (les 15 familles de l'oligarchie qui dominent le pays depuis l'indépendance), puisqu'elles seules ont accès à l'éducation.

Du coup, les quince familias ont aussi fourni des leaders à la guerilla indigène, puisque même les démocrates -chrétiens, y sont classés comme crypto-communistes par la Ley Marcial Fundamental.

Beaucoup ont pris le maquis, avant de reprendre l'affaire familiale, l'âge et napalmito venus.

 Il y a un âge pour tout, comme à Genève, où l'on squatte avant de devenir banquier.

Aujourd'hui encore, une odeur de grillade flotte autour du bâtiment, qui ne se visite pas.

Pour la masquer, les militaires ont fait installé des crocs de boucher et de barbecues dans le parc attenant.

 Les grocolonais sont autorisés à y égorger leurs cochons et à les y manger au cours de fêtes familiales s'apparentant à la fois à la Saint Martin de nos campagnes et aux méchouis maghrébins avec un rien de touche locale : quand les tépachichmèques faisaient rôtir les meilleurs morceaux des ennemis, fraichement sacrifiés .

Tandis que retentissaient les hurlements suraigus d'un cochon qu'on égorgeait et que l'odeur délicieuse d'un barbecue d'échine de porc s'élevait dans l'air, un vieux grocolonais nous a confié, nostalgique, "ah 1968! Toute ma jeunesse ! fermez les yeux! Écoutez! Sentez! on s'y croirait encore !"

14.

Museo de las civilisaciones y de los artes precolombianos-fundaciones de-

(Musée des civilisations et des arts précolombiens)

fondations du-

Grocolòn

Du grand projet du gouvernement civil de 1968 de musée des civilisations et des arts précolombiens, il ne reste qu'un terrain vague, cerné de tranchées, et une plaque.

Les militaires Banaméens n'ont pas voulu donné suite au projet ,après avoir repris le pouvoir.

Ils considéraient que la notion d'"arts précolombiens" et plus encore de " civilisations pré-colombiennes" étaient des non-sens, teintés de crypto-communisme.

Ils n'avaient pas compris qu'on pouvait parfaitement, comme au Mexique, à la fois bâtir un splendide musée anthropologique d'une main, et massacré les étudiants de l'autre.

Il faut dire qu'ils sont un peu bornés et que leur idéologie marque les limites de leur pragmatisme, même chez un empiriste absolu comme Napalmito.

Les collections, qui avaient été rassemblées par des amateurs plus éclairés et achetées par l'Etat, ou offertes à lui, ont été dispersées sur le marché international , à un très bon prix pour les antiquaires.

 Mais cette vente au rabais (au poids, a t'on même dit) a tout de même permis de restaurer quelques dizaines de villas, et d'acheter quelques centaines de grosses cylindrées pour la hiérarchie militaire.

Les militaires ont fait poser une plaque devant le chantier :

" ex-chantier du musée des "arts et civilisations précolombiens" pour que cette plaque rappelle à jamais la gabegie, la naïveté et la stupidité inhérentes à un gouvernement civil".

Il est vrai qu'il s'agit de trois domaines où les militaires ont vraiment des leçons à donner.

15.

Plantaciòn y parque vulcanologico

Herculano Vulvania:

C'est le nom complet du premier parc d'attraction d'Amérique centrale, mais tout le monde l'appelle ici par un: diminutif "Hercu-Vulva".

C'est l'oeuvre d'un homme visionnaire, Alfonso Hernandez y Capòn, qui a su faire d'une plantation, ruinée par une éruption volcanique, la première attraction touristique du pays.

Comme son nom, à peine hispaniolisé, le laisse deviner, Alfonso Hernandez y Capòn a, partiellement, des origines italo-américaines.

Son arrière-grand-père venait de Naples et son grand père de Chicago.

Ledit grand-père faisait partie des milices appelées en renfort par les compagnies bananières pour mater la révolte des dockers de 1923.

Il avait ensuite fait carrière dans les services de sécurité des plantations, en remettant notamment de l'ordre, par des mesures énergiques, dans la plantation de son futur beau père, où des revendications aussi folles et aussi subversives que la journée de 14 heures, le repos mensuel et la liberté d'aller et venir, s'étaient faites jour.

Le monde libre n'a jamais vraiment réalisé à quel point il était passé près d'une révolution généralisée, à la Trotsky dans les années 20, et combien grande, était sa dette à l'égard de ceux qui, tel le grand père d'Alfonso Hernandez y Capòn, ont combattu l'hydre communiste au nom de la liberté.

Quoiqu'il en soit, le grand père avait su séduire avec son élégance sobre - chaussures en croco bicolore, costume blanc à fines rayures bleues, chemise noire -c'était la mode-, cravate de soie au noeud gonflé et borsalino, la fille, -il est vrai peu avantagée-, de son patron.

Il avait pu intégrer. Ainsi, le cercle envié des quince familias, par un mariage, dont le grand John Crook Garrot, le proconsul vieillissant de la General Fruit, avait été le témoin.

Le mariage avait été pharaonique.

On en parlait encore dans les chaumières -ce n'était une métaphore, les ouvriers agricoles vivent dans des chaumières -et dans les bidonvilles, cinquante ans après.

Pensez donc : Les employés de la plantation avaient eu droit quatre jours de repos consécutifs, hors carnaval, une largesse unique dans l'histoire sociale du Banama et qui a longtemps valu au vieil Hernandez une réputation sulfureuse de patron de gauche.

Quoiqu'il en soit, le grand père, puis le père, puis Alfonso lui- même, héritèrent de possessions considérables. dont plusieurs plantations.

L'une d'entre elles, la plantation Herculano, était complètement dévastée depuis 1910 par une éruption volcanique et était recouverte d'une couche de lave et de cendre de plus de cinq mètres d'épaisseur.

C'est en visitant, dans les années soixante, des lointains cousins dans la région de Naples, qui commençaient à s'intéresser l'horticulture tropicale et à sa distribution au détail en Europe et en Amérique du Nord, qu'Alfonso a eu une idée de génie, une véritable vision.

En visitant Pompéi, puis Herculanum, il a été frappé, non pas par la qualité des fresques ou l'ampleur des vestiges archéologiques, mais par le nombre de cars de touristes, de boutiques de souvenir, d'hôtels et de restaurants sur le site, et à proximité immédiate.

Il avait été particulièrement impressionné par les moulages en plâtre de personnage saisis dans leur agonie, chiens, vieillards, enfants, et par les foules qui se pressaient dans la maison des faunes et dans l'ancien lupanar dans l'espoir d'apercevoir les fresques et les graffitis obscènes.

Il avait réalisé alors, qu'il avait un trésor dans son patrimoine immobilier.: il pouvait transformer la plantation Herculano, à peu de frais, en "Pompéi de l'hémisphère occidental".

C'est ainsi qu'il l'appelait, pompeusement, dans ses premières publicités à destination du marché nord-américain, jusqu'à ce qu'il réalise que 98,5% des américains n'avaient jamais entendu parler de Pompéi.

La suite est un conte de fées.

Une équipe d'experts italiens, convaincus par les cousins napolitains (qui avaient offert une hospitalité quelque peu pressante à leur famille proche) a accepté de tenter l'expérience de l'expatriation, pour un tarif très raisonnable.

Pressés de revoir leur famille, ils ont exhumé, en quelques mois, les latrines des plantations et leur graffitis, moulé les cadavres des 500 et quelques travailleurs involontaires à durée indéterminée ensevelis dans la catastrophe.

Lesdits moulages de cadavres avaient été disposés artistiquement par un protégé du professeur Schtroumphelmayer, ancien éléve d'Arno Breker, réfugié au Banama, injustement persécuté pour avoir employé, dans les années trente et quarante, de la main d'œuvre, qu'on mettait gracieusement à sa disposition.

Son chef d'oeuvre est certainement le tableau de la voie ferrée .

On y voit les désespérés essayer de s'accrocher au dernier wagon du train emmenant à l'abri les patrons et l'encadrement de la plantation, dans une scène qui n'est pas sans rappeler celle des grappes de réfugiés s'agrippant, souvent en vain, aux hélicoptères évacuant l'ambassade américaine à Saigon en 1975.

Le scénographe s'est aussi visiblement inspire des bourgeois de Calais de Rodin, mais la voie ferrée interrompue, les airs suppliants, les bras coupés à la machette par des contremaîtres terrorisés à l'idée de rester une seconde de plus dans cet enfer, ajoutent au pathétique de la scène.

Pendant ce temps, des entrepreneurs s'activaient pour sculpter des toboggans et des tunnels dans la lave pour les plus petits et pour installer des kiosques de restauration rapides "cosa vostra" (servant exclusivement de la pizza vesuvio et de glaces à la banane)

 Le clou du spectacle est une petite cabane de pierre v,oûtée et munie de grille, le mitard de la plantation, le seul bâtiment qui a survécu à la dévastation, et dont est sorti le seul survivant de la catastrophe .

Ce dernier est mort d'une cirrhose quelques années plus tard, puisqu'il survivait en se faisant servir des verres de Razcal, en échange du récit de sa survie miraculeuse.

Les experts en effets spéciaux américains, cette fois convaincus par des cousins de Las Vegas, ont installé une vingtaine de répliques de la cabane, montées sur vérins.

 On s'y enferme, quatre par quatre, et les vérins simulent un tremblement de terre et une éruption tandis que des bruitages, des fumigènes, du sable, brutalement déversé, et des jets d'air brûlants vous donnent l'impression d'un ensevelissement définitif.

Faites-vous enfermer avec des enfants : ils hurlent de peur comme des damnés ce qui ajoute à l'illusion.

Un must.

DE LA SALADE SUR LES DENTS DE LA JOCONDE

ETATS UNIS

16.

NATIONAL AR AND SPACE MUSEUM

WASHINGTON MALL

~ 57 ~

A la manière d'Igor et Grishka Bogdanoff

Le National Air and Space Museum de Washington sur le Mall à Washington est, de très loin, le plus beau musée du monde en matière d'aviation et d'espace.

dans son hall immense trônent la capsule d'Apollo 13, le Bell X-1, le premier avion avoir passer le mur du son, le X 15 premier avion stratosphérique, le planeur d'Otto Lilienthal, le Wright flyer, le tout premier avion du monde, le Blériot 13 qui traversa la Manche, le Spitfire qui sauva l'Angleterre, le drône Emasculator qui ravage aujourd'hui l'Irak et l'Afghanistan et, dans un tout petit coin, la sonde spatiale ZOosphere background Environment Explorer.

Les frères Igor et Grichka Buggerfuckoff, ,auteurs scientifiques rigoureux et reconnus, nous content pourquoi, parmi 1000 engins spatiaux, cette petite sonde bien placée au cœur de l'univers, à son tréfond plutôt, a eu cet honneur.

Igor et Grishka Buggerfuckoff

« trou noir et big-bang :

le doigt de Dieu»

Avant-propos de feu John Crook, prix Nobel de physique 1955

" Je recommande ces jeunes gens qui m'ont apporté des chocolats à la liqueur et de bien sympathiques magazines, qui me sont tous deux formellement interdits par mon médecin traitant, respectivement pour mon cholestérol et pour mes palpitations "

 Big Pines Retirement House, Pasadena FLA, juin 2009

Chapitre un :

ZOBEE, une sonde dans les tréfonds de l'univers

ZOBEE, oui ZOBEE, en majuscules, pour ZOosphere Background Environment Explorer : le satellite qui a « vu » le big-bang, ou, plutôt, les traces infimes du big-bang en remontant jusqu'à 10 puissance -35 secondes après celui-ci.

Mais revenons à ce 1er avril 1999.

-Notez la correspondance avec les chiffres mentionnés pour l'Armageddon par l'Apocalypse de Saint-Jean de Patmos, peut-être encore un signe divin.

 En ce 1er avril 1999, William Calvin Duck, le chef de l'équipe chargée du dépouillement des relevés du satellite ZOBEE ,pénètre dans la salle de presse de la NASA.

 C'est un jour très ordinaire pour cette salle de presse qui a connu bien d'autres événements historiques, de l'incendie de la capsule Gemini sur son pas de tir, à l'accident d'Apollo 13, du premier pas sur la lune d'Armstrong (on a conservé pieusement, dans les toilettes de la salle, le graffiti d'un correspondant de presse de l'époque "qu'est-ce que ça a d'extraordinaire et du nouveau ? Moi je le fais tous les jours avec ma copine !") , de l'explosion de la navette Challenger à l'annonce, vite démentie, de la découverte de traces de vie extraterrestre sur une météorite, sans parler des dénégations systématiques, off the record, de toutes les cosmonautes de sexe féminin sur une éventuelle copulation en apesanteur, un secret plus épais encore que le mystère de Roswell.

Malgré ce mur de dénégations, que, rien, jamais, n'a pu fissurer, l'opinion générale des correspondants accrédités et qu' « ils ne peuvent pas ne pas avoir essayé depuis 20 ans que c'est possible, c'est trop tentant ! »

Laissons là ce mystère pour l'instant.

Peut-être y consacrerons-nous un livre un jour.

Peut-être, la graine de la vie vogue-t-elle aujourd'hui dans le silence éternel des espaces infinis, comme disait Pascal, sous la forme de quelques milliers de spermatozoïdes, protégés par le latex d'un préservatif, éjecté par les poubelles ou les toilettes de la station spatiale internationale.

Peut-être même que cette frêle enveloppe de latex nous a privé de la conception de l'être parfait, de l'homme nouveau, que, disons nous, des jumeaux parfaits, un peu comme nous, mais en mieux.

Si c'est possible.

Quelle timidité dans l'expérimentation !

Quelle pudibonderie mal placé e!

Comment croire que dans "puritains" il y ait "ris"?

 Mais peu importe, ce matin-là, il n'y avait pas grand monde dans la salle de presse.

Le fiasco médiatique de la météorite, dont les acides aminés d'origine extraterrestre s'étaient avérés, à la contre-expertise, n'être que de l'urine de renne décomposée, avait fait des ravages.

Le Congrès avait coupé les crédits.

Même l'émission télévisée de Karl Sagan, ce bellâtre escroc, au brushing impeccable, et à la ridicule combinaison en lamé, ne faisait plus recette.

La plupart des grands médias nationaux avaient donc cessé d'entretenir des correspondants à temps pleins à Cap Canaveral.

Ils les avaient remplacé par des correspondants locaux, des localiers de Miami, trop heureux d'échapper, dans les locaux climatisés de la NASA, à la moiteur des commissariats de Little Habana et des nuits chaudes de Miami, jonchées de cadavres de trafiquants de drogue exécutés sommairement pour des rivalités de territoires.

 Ces correspondants de fortune ne comprenaient pas le 10ème de ce que des scientifiques déplumés et bigleux venaient leur exposer, de temps à autre, en des termes pourtant très simplifiés.

Mais ils avaient au moins le mérite d'une certaine fraîcheur, loin du scepticisme blasé des correspondants accrédités de la glorieuse époque du programme Apollo.

Sachant tout cela, W.C Duck avait décidé d'employer des mots très simples et évocateurs, histoire de frapper les imaginations de ces spécialistes du chien écrasé.

Il avait expliqué très simplement que le satellite ZOBEE avait pour mission de mesurer les infimes variations du rayonnement fossile, cette trace infime laissée par le jaillissement primitif de matière sur la paroi courbée, et infiniment lointaine de l'univers.

Pour ce faire ZOBEE disposait d'un Convertisseur de Rayons DUrs de l'Impulsion Primitive (CRDUIP , en anglais : HArd Rays Primitive Impulsion Converter ou HARPIC) sous forme d'une petite antenne composée d'un manche d'une vingtaine de centimètres couronné d'un épi de cils de 5 cm de long environ, disposés latéralement, en couronne et fabriqués en maxfacthorium, un alliage très rare, conférant à la fois finesse, souplesse, rigidité et réceptivité.

Avec cette antenne, ZOBEE a balayé, littéralement, le moindre recoin de la paroi lointaine de l'univers, à la recherche de ces fameuses traces.

Et ces traces étaient bien là, surtout sur les bords, infimes mais réelles, ayant tenacement résisté à l'usure du temps.

Les modèles mathématiques montraient qu'elles avaient été projetées là il y a 4 500 000 000 d'années à partir d'un point unique, d'un point qui, à 10 puissances -35 secondes après le big-bang avait une circonférence d'environ 1/2 cm de diamètre.

Ni plus, ni moins.

- "vous voulez dire que vos mesures montrent que tout l'univers est sorti d'un petit trou ?" Lui avait demandé un localier récemment affecté à Cap Canaveral et pas encore complètement blasé.

Aux innocents les mains pleines ! Si l'on ose dire. C'était exactement ça !

-"Oui, c'est cela…"

-" Mais pourquoi ce trou se met-il à exister d'un seul coup il y a 4 500 000 000 d'années ? Qui avait-il avant ? qu'y avait-il au fond de ce trou et sur quoi débouchait-il ? D'où ça vient tout ça ? Et qu'est-ce qui a fait jaillir l'univers ? pardonnez mes questions naïves mais ce seront celles de mes lecteurs…"

- "Que de questions, que de bonnes questions… la vérité et que personne n'en sait rien et ni Aristote, ni Saint-Thomas d'Aquin ni Calvin, ni Spinoza ni Kant, ni tous les théologiens et tous les philosophes de la terre ne seraient capables de répondre.

Moi je ne suis qu'un scientifique. Je ne connais pas le pourquoi.

J'essaie simplement de comprendre le comment…"

- "Alors, comment ?"

- "Eh bien tout ce qu'on peut dire, c'est qu'avant le trou, il n'y avait rien et même moins que rien, car rien c'est déjà quelque chose.

Ce qu'on peut dire aussi c'est que ce qui sort du trou et la façon dont cela sort est parfait, à la cent millionième unité près.

Je veux dire par là que si la projection avait été un rien plus forte, jamais les atomes légers puis les lourds puis les étoiles et les planètes n'auraient pu se former et donc la vie avec elles.

De même si le jaillissement avait été un poil plus chaud ou un poil plus froid.

Nous appelons cela, des "constantes cosmologiques" dans notre jargon, mais peu importe, ce qui compte c'est qu'elles apparaissent comme très exactement calculées pour faire apparaitre, à terme, la vie.

Tout est parfait, absolument parfait, dès le départ, comme dessiné pour produire l'univers.

 -"Mais y-a-t-il une volonté derrière ? ou, au moins, un dessein préétabli ?"

- "C'est une hypothèse intéressante mais que je ne peux pas prouver.

Je constate la perfection de ce jaillissement c'est tout.

Peut-être était-il contenu sous une forme immatérielle préexistante, éternelle, sous forme d'informations pré-codées, un nuage de bits en quelque sorte.

Si c'était le cas l'univers et donc l'humanité seraient nés de ce nuage de bits.

Mais je ne peux pas le prouver.

Appelez ça "Dieu" si vous voulez.

 Mais pour moi ça reste une hypothèse.

Tout ce que je peux vous dire c'est que la sonde n'a pas vu Dieu, ni son doigt, mais elle a vu où il l'avait fourré et ce qu'il en a fait sortir…

 etc."

17.
MUSÉE MYSTÈRE

~ 65 ~

À la manière de
François Bégaudeau

DE LA SALADE SUR LES DENTS DE LA JOCONDE

François Bigorneau

"Portrait chinois "

Extrait du numéro de mai 2007 du magazine Playboy

(D'après, vaguement, les articles et chroniques de François Bégaudeau dans Playboy et les nombreux interviews et articles de qualité parus dans ce magazine de référence et qui justifient à eux seuls son achat)

François Bigorneau est surtout connu pour être l'auteur du livre et le scénariste du film "Droit dans le mur", primé à Cannes et contant les aléas de la vie quotidienne dans un collège du vingtième arrondissement. "Tchulé du 19!!, j'vais t'niquer ta race !!" est devenu grâce à lui une réplique culte du cinéma français contemporain, et au-delà, puisqu' on la retrouve, presque telle quelle, dans les propos du président de la République au salon de l'agriculture. Une citation à n'en pas douter.

Mais François Bigorneau a d'autres cordes à son arc. Il est aussi un chroniqueur régulier du magazine Playboy. Témoin, ce portrait incisif, sans concessions mais en définitive assez flatteur qu'Il a réalisé, suprême honneur, pour les lecteurs américains du magazine.

"Il est petit, Il est laid, Il est méchant, il a le périnée tonifié par l'exercice, les filles lui tombent toutes dans les bras, même les top models, il dit ce qu'il fait et il fait ce qu'il dit, les vieilles femmes riches se l'arrachent, Il détonne parmi ses pairs, c'était un cancre mais il s'est fait à la force du poignet, il a réussi au-delà de toute espérances, Il parle mal et pas du tout les langues étrangères, qu'il ne déteste pourtant pas.

Il n'a pas peur de remettre 100 fois l'ouvrage sur le métier et de besogner autant que nécessaire, la raideur fait partie de son personnage et lui crée autant de jaloux que d'enthousiastes. Il n'hésite pas à se montrer en sueur: quelle meilleure preuve d'acharnement et de ténacite ?

Il est heureux de faire ce qu'il fait et veut continuer à le faire le plus longtemps possible, Il en a rêvé toute sa vie, ou du moins, depuis que, poils aidant, Il se rase le matin. On lui reproche souvent son manque de retenue.

Quelle erreur !

Se retenir, Il ne fait que ça. C'est devenu une seconde nature; es proches l'ont connu bien plus explosif dans le passé et conscient de cette faiblesse, il s'est de lui-même soumis à un traitement, des médicaments, à coup sûr, des piqures aussi, murmure-t-on.

Il aime avant tous les coups, Il ne se lasse jamais, tout à son objectif il pilonne, Il donne des coups de boutoirs et, quitte à ahaner, Il arrive toujours à ses fins, il ne boit pas, Il ne fume pas, et son principe directeur depuis toujours, sa seule devise est "je vous niquerai tous !"

Comme Saint Siméon le stylite, il est devenu célèbre par la colonne sur laquelle il prend appui, à ceci près qu'elle n'est pas faite de marbre mais de chair. Et de son vivant un musée a déjà une salle permanente exposant son travail, sa besogne plutôt.

Voici donc Ron Jeremy, un mètre cinquante au garrot, cinq cent films au compteur, icône et légende du porno américain des années quatre-vingt et quatre-vingt dix, partenaire des plus belles actrices, aujourd'hui producteur et consultant...

Il nous reçoit dans ce musée précisément, a l'occasion de la sortie de son coffret "best of" En 10 DVD et du lancement de son site internet en 3D sur consoles et webtélévision HD avec lunettes à essuie glaces au Consumer Electronic Show de Las Vegas et bientôt en Europe à l'occasion du bien nommé CEBIT de Hanovre ...

 Etc"
Et non , ce n'était pas le palais de l Elysée lors **des** *journées du patrimoine entre 2007 et 2012 mais le Las Vegas Erotic Heritage museum, le plus grand musée érotique du monde (24.000 mètres carrés), co-fondé curieusement par un pasteur et plus logiquement par un producteur de cinéma pour adultes!*

FRANCE

18.

Musée du louvre

(Paris)

et

19.

Musée Champollion

(Figeac)

À la manière de

Christian Jacq

DE LA SALADE SUR LES DENTS DE LA JOCONDE

Christian Placq

"Champollion: La véritable histoire de la découverte des hiéroglyphes"

"- Alors mon jeune ami, il paraît que vous butez..."

-"En effet monsieur le Directeur, et pour tout vous dire, je désespère, à peine crois-je toucher au but, qu'à nouveau tous mes espoirs se dérobent..."

Le jeune Jean François Champollion, 19 ans à peine se dandinait, timide et mal à l'aise, dans son habit râpé mais essayait de soigner au mieux son expression.

Il avait devant lui une légende vivante: Vivant Denon, soixante-cinq ans, âge considérable pour l'époque, mais bon pied, bon oeil, vétéran de l'expédition d'Egypte, auteur du très dix-huitième "Point de lendemain" et depuis 1810, inamovible directeur du Louvre.

- Sur quoi butez-vous exactement ?

- Eh bien je crois avoir compris deux choses.

 D'abord que les hiéroglyphes sont à la fois des idéogrammes désignant un concept et des syllabes,

 Ensuite que c'est en étudiant le copte contemporain qu'on peut s'approcher au plus près de ce que parlaient les anciens égyptiens puisque après tout le copte est à l'égyptien ancien ce que l'italien est au latin.

- Mais tout cela est fort intéressant et neuf, je ne l'ai jamais lu nulle part, surtout cette double valeur idéographique et syllabique, il faudra que vous fassiez une communication à l'Institut, je vous recommanderai...

- Non, non je ne suis pas encore prêt. Après tout, tout cela n'est qu'hypothèses, même si j'en mettrai ma main à couper...

- Quant à l'idée d'étudier le copte j'avoue que c'est lumineux. Eh bien, vous m'êtes sympathique et je vous crois sur la bonne voie pour résoudre un problème qui m'irrite moi-même depuis plus de vingt-cinq ans.

Alors je vais vous montrer quelque chose que je n'ai jamais montré à personne, par peur du ridicule, mais quelque chose qui sera peut-être votre sésame...

Naturellement, tout ceci doit rester entre nous, je veux votre parole d'honneur.

Vous savez chez les savants le ridicule tue vraiment...

Si vous découvrez quelque chose à partir de cela, vous prétendrez l'avoir découvert à partir d'autre chose, n'est-ce pas, comme cette pierre de rosette que les anglais nous ont pris à Aboukir mais dont nous avions pris le relevé ...

- Tout ce que vous voudrez" répondit Champollion dont la curiosité était décidément piquée

 - Eh bien voilà ...

Vivant Denon avait sorti, d'un meuble à plans, deux planches gravées, visiblement des relevés d'inscriptions, qu'il plaqua contre sa poitrine.

- Ce sont des relevés que j'ai fait en moyenne Egypte, dans le soubassement d'un temple.

Mais avant que je vous les laisse voir, il va vous falloir être patient et écouter tout d'abord ma petite histoire. Vous ne comprendriez rien sans elle.

Et en plus je suis vieux, j'aime bien raconter des histoires. Celle-là est incroyable.

Et c'est pour ça que je l'ai gardé pour moi jusqu'ici.

 Mon guide et moi nous étions un peu avancés et avions perdu le contact avec la colonne de grenadiers qui nous escortait.

 C'était du côté de Midinet Abou, vous voyez ?...

- Je vois très bien" dit Champollion, qui connaissait sa géographie nilotique par cœur.

- Soudain un parti de mamelouks a fait irruption le long du fleuve.

Nous avons couru vers les hauteurs et nous nous sommes cachés dans un petit temple que les indigènes étaient en train de démanteler pour en faire de la chaux.

En courant j'ai glissé sur le dallage inégal du temple et je suis tombe dans une excavation.

Ma chute a été amortie par quelque chose de spongieux.
Il faisait sombre comme dans le cul d'un four.

Je n'avais rien de cassé.

 Remis de mes émotions, j'ai appelé le guide.

J'étais curieux de savoir où j'étais tombé.

Le guide a improvisé une torche avec de l'amadou, un bout de son chèche et une perche laissée là par les démolisseurs et me l'a lancé. En fait j'étais tombé sur une nécropole d'animaux familiers momifiés, comme il y en a partout là-bas.

 Là c'étaient des ibis, probablement la divinité du coin.

 Ce sont leurs momies qui avaient amorti ma chute.

Mais le plus intéressant était à venir.

C'est ceci justement" dit il en agitant les planches qu'il tenait toujours serrées sur sa poitrine.

- Au plafond j'ai vu des hiéroglyphes, mais pas des hiéroglyphes ordinaires, ils étaient très bien gravés, là n'est pas la question, mais ils l'étaient d'un trait à la fois plus vif et plus relâché, presque cursif si j'ose dire et surtout ...surtout ...il me semble ...enfin, non, je n'ose pas le dire ...

- Que ?

- Que leur sens est là … tout proche, accessible, comme à portée de main...

- Et quelle est votre hypothèse pour expliquer l'originalité de ces hiéroglyphes ?

- Vous savez comme moi que l'histoire égyptienne n'a pas toujours été un long fleuve tranquille.

Il y a eu des épisodes de guerres civiles, de troubles.

Pendant ce temps-là les artisans qui construisaient et décoraient les temples et les tombes se sont retrouvés au chômage et obligés de se mettre à l'abri.

Je crois qu'ils se sont réfugiés là, dans la nécropole et que comme ils s'ennuyaient ferme, ils se sont mis à graver ces hiéroglyphes pour s'amuser; ça s'est déjà vu ailleurs, ici même par exemple, près des châteaux de la Loire, pendant les guerres de religion.

Sans compter les graffiti de Pompéi...

- Ah oui, "me bene supinavit", on ne sait toujours pas ce que ca veut dire exactement...

- Trois possibilités seulement en effet, le corps humain est ainsi fait, mais laquelle ?

 la controverse fait encore rage aux inscriptions et belles lettres, il faut bien s'amuser un peu ...

- Mais en parlant de s'amuser vous disiez que vos artisans s'étaient sans doute amusés. Amusés, comment ça ?

- Tenez voyez plutôt..

Et il étala enfin la première des planches devant Champollion.

Celui ci dévora l'inscription des yeux

.

- Mais on dirait... , on dirait que... , non ce n'est pas possible....

- Bravo jeune homme, vous êtes rapide et perspicace.

Moi il m'a fallu trois mois de ressassement pour en arriver là.

J'ai eu l'illumination du cote de Malte en vomissant par- dessus le bord du vaisseau qui ramenait Bonap...enfin je veux dire l'usurpateur, bref, oui, on croit presque deviner le sens , n'est-ce pas ?...

Allez essayez de déchiffrer pour voir, on va voir si vos déductions recoupent les miennes, si vous saviez le temps que j'y ai passé depuis toutes ces années...

L'inscription se présentait ainsi:

- Voyons, une main pointée, un homme de profil, une bouche stylisée et une main dans l'autre sens ...euh ....pourquoi pas " Celui-ci -pour la main pointée- , est l'homme- pour la silhouette - qui parle -pour la bouche"...

- Pas mal du tout ! " Apprécia Vivant Denon, mais vous oubliez l'autre main, dans l'autre sens

- Oui. C'est vrai .Mais je n'ai pas essayé tout de suite parce qu'il y a plusieurs possibilités, une négation ? Un itératif ? Un superlatif ?

- Moi je pencherais plutôt pour un réflexif... l'aiguilla Denon

- " C'est l'homme qui parle qui se parle" alors ? Mais ça ne veut rien dire ...

- Encore un effort, votre toute première intuition était la bonne, vous aviez commencé par un pronom

- Voyons "c'est celui qui parle qui se parle"? , non ça ne va pas, je ne vois toujours pas...

- Pensez à des enfants qui se disputent...

- Mmm... Mais oui, bien sur ! "c'est celui qui dit qui l'est" .non mais ce n'est pas possible, c'est trop...

-Trop quoi? trop puéril ? Trop élémentaire ? Trop grossier ...

- Oui puéril surtout…

- Bah c'est un graffiti, en hiéroglyphes mais un graffiti. Je doute que ceux du lycée de votre adolescence soient beaucoup plus fins n'est-ce pas?..

- Euh... , non, en effet…

- Mais vous comprenez aussi pourquoi j'ai gardé ça pour moi jusqu'ici,

Vingt cinq ans quand même, on ne peut pas annoncer le déchiffrement ou même un début de déchiffrement d'une langue ancienne à partir de ces extraits ...

Pourtant dans la vraie vie c'est bien comme ça que ça se passe. Dans une langue étrangère les premiers mots qu'on apprend sont toujours "bonjour", « au revoir", s'il vous plaît", "merci", "combien" et les grossièretés, souvent les grossièretés et "combien" d'abord d'ailleurs, en tout cas pour les marins.

Ah vous auriez vu en rade d'Aboukir ! mais je m'égare...

vous allez voir le reste est du même tonneau et même pire d'une certaine façon, in-publiable tel que...

- Le reste ? il y a plus que deux planches ? vous en avez beaucoup? Montrez le moi s'il vous plait, je vous en supplie c'est de loin le plus beau jour de ma vie, tout prend sens…

- Je comprends votre emballement, j'en ai une trentaine mais je crois n'en avoir compris que deux. Ca fait tout de même au total 82 signes différents, Croyez- moi je les ai comptés et recomptés.

- J'ai fait de même avec les signes relevés dans "la description de l'Egypte" que j'ai moi aussi lu et relu mille fois. Il y a au total 413 signes différents dans le livre. Vos inscriptions représentent déjà un petit cinquième du total, c'est inespéré, enfin si nous arrivons à les déchiffrer.

 C'est là que le bât blesse. Pourrais-je voir les planches sur lesquelles vous butez, non pas bien sûr que je prétende ...

- Oui, oui vous les verrez toutes ce soir, votre modestie vous honore et je crois que vous avez raison : je doute que vous puissiez aller en une soirée beaucoup plus loin que moi en vingt cinq ans, enfin nous verrons bien car vous m'avez l'air très doué.

Tenez prouvez-le moi en essayant de déchiffrer celle-là...

Et il étala la seconde planche devant Champollion. Elle se présentait ainsi:

- Voyons ..."Cet homme"...

- Tss..tss..

- Ah oui, c'est vrai. Le pronom. Alors "il", mais que vient faire cette tête de taureau ici. Est-ce une allusion au dieu taureau Apis ?

- jeune homme, votre érudition vous égare…

Rappelez-vous que vous avez affaire à une sorte de graffiti.
Mais je ne vais pas vous mâcher le travail.

Ca enlèverait à votre mérite.

Je suis sûr que, perspicace comme vous l'êtes, vous allez trouver tout seul.

Laissez tomber la tête de taureau pour l'instant et passez aux caractères suivants...

- Bien, alors, cette tiare de pharaon avec l'uraeus et le pschent, les symboles de la haute et de la basse Egypte, ça ne peut être qu'une allusion au pharaon donc "il taureau pharaon", "ou peut être "lui le pharaon, puissant comme un taureau"

- Mon jeune ami vous vous laissez a nouveau emporter par votre gout pour l'épique.

Souvenez-vous que pendant cette période de troubles, il ne devait plus y avoir de pharaons ou plutôt il devait y avoir plusieurs prétendants au titre, et tous réclamant l'impôt et la corvée, tout ça ne devait guère inspirer le respect.

 Non essayez de prendre le caractère comme une métaphore...

 - Bon, essayons "Lui le chef, lui le patron, lui le caïd » , si vous me permettez cet anachronisme..."

- Oui très bien, très bien, mais patron de quoi, chef de quoi ou de qui ?

- Euh... tout de même pas du caractère qui suit, ce palmipède?

- Et pourquoi pas ? En plus ça vous donne une règle de grammaire, le complément de nom, le génitif est placé après, comme en français, c'est l'inverse en anglais,.

Ah, ah! nous avons plus en commun avec les égyptiens que les anglais, c'est intéressant ça, ça venge un peu Aboukir et Saint Jean d'Acre...

- Cette fois c'est vous qui vous emportez un peu, si je puis me permettre, Mais je note la règle.

Elle sera précieuse, enfin si elle se confirme, après tout on ne sait même pas dans quel sens se lisent les caractères-

 peut -être de droite à gauche comme en arabe ou en chinois?

Donc "le chef de .." de quel oiseau au fait , ce n'est pas un canard, C'est plus gros, plus pataud, une oie peut être?

- Très bien vous avancez , mais...

- Mais une oie est un animal plutôt placide, pourquoi mordrait elle le personnage suivant ?

- Vous avez raison une oie non, mais...

- Mais, bien sur son mâle ! Le jars, je me suis fait mordre une fois, quand j'étais enfant, j'ai encore la cicatrice donc, "lui, tête de taureau le patron des jars ", mais ça ne veut toujours rien dire ...

- Courage, encore un effort, vous y êtes presque!

- Peut-être mais je bute toujours sur cette tête de taureau...

- Allez je vais vous aider un peu, quel est le principal attribut du taureau ? Enfin je veux dire en dehors de ses attributs ?

- Ses cornes ?

- Exactement

- Alors " il est cornu le patron des jars "

- Presque ... Souvenez-vous, graffiti… !

- Il ,il, ..non…tout de même pas ça !

- Si!

- Il est cocu le chef des jars !

- Bravo, vous êtes décidément très doué.

Celle-là m'a pris trois mois...

Bon mais on ne peut même pas prétendre avoir déchiffré ces deux malheureuses planches.

Nous ne savons toujours pas comment tout cela se prononçait, nous avons tout au plus saisi leur sens, comme par effraction.

Effraction, c'est bien le mot.

Nous sommes comme des cambrioleurs qui, à force de contorsions ont réussi à pénétrer dans une maison par le soupirail, mais ce qu'il nous faut c'est la clé de la maison sinon nous ne pourrons jamais voler les meubles ...

En y réfléchissant bien, avec ces planches nous avons un tiers de la clé, le deuxième tiers c'est votre double hypothèse d'une écriture à la fois idéogrammatique et syllabique et votre idée de retrouver ces syllabes dans le copte contemporain.

- Oui mais vos graffitis contiennent des expressions ou expriment des concepts qui ne sont pas dans les dictionnaires de copte. Je les ai tous lu je n'ai jamais trouvé le mot "cocu".

Et je suppose que le reste est du même acabit.

- Pour le peu que j'en devine, pire ... le père Kircher en bon jésuite savait peut être certains de ces mots mais ne les a pas mis dans son dictionnaire, quand à ce brave monsieur de Sacy, il est bien trop poli pour s'en être même enquis.

- Et c'est d'autant pire qu'aujourd'hui le copte est une langue morte. Les coptes parlent arabe.
Le copte ne sert plus qu'a la liturgie comme le slavon pour les russes ou l'araméen ou le syriaque pour les chrétiens orientaux.

- Une langue d'église oui, si on veut... " reprit Denon perplexe et soudain sa face s'éclaira

-"Mais oui église, donc bedeau, donc le père Siméon, oui voilà l'homme qu'il vous faut !

 - Pardon ?

 - Vous ne connaissez pas le père Siméon ?

 - Non..

- Comment ? vous l'un des 20 français à parler le copte a Paris, vous ne connaissez pas le personnage le plus pittoresque de la minuscule communauté copte de Paris.

 - Non vraiment, qui est ce ? Un prêtre ? Un moine ?

- Oh non ! Siméon dit "le père Siméon", est un bedeau copte illettré qui a suivi en France, au retour de la campagne d'Egypte, une cantinière et son âne.

Son âne surtout disent les mauvaises langues, en tout cas la cantinière l'a planté là, à Marseille et il a gardé l'âne.

 Nous sommes quelques vétérans de la campagne d'Egypte a lui faire une petite rente. Et le directeur du jardin des plantes a bien voulu le prendre comme palefrenier.

Drôle de zèbre, incapable de rien, au bout de 20 ans il ne parle toujours pas le français décemment, mais il a un vocabulaire très riche surtout quand il a bu. Et il boit souvent. Et ses leçons vous changeront de celles du collège de France ...Vous savez le copte a aussi survécu comme argot, comme le guarani au Paraguay, langue des indiens conquis est devenu l'argot des conquistadors et de leurs descendants

- Non je ne savais pas…

- Vous avez lu trop de livres et pas assez vécu ni voyagé. Nous allons arranger cela avec mes amis, vous êtes désormais des nôtres, brillant jeune homme...

- Merci .merci. Mais le père Siméon donc, quand pourrais-je le rencontrer ?

- Mais dès ce soir si vous le souhaitez, tout de suite même. Voyons il est sept heures du soir.

A cette heure il doit déjà cuver sur sa paillasse.

Mais il va se réveiller bientôt, la soif, vous comprenez ...

Voyons en fiacre nous y serons dans une demie heure, mais laissez-moi d'abord allez faire quérir quelques flacons de vinasse chez mon pinardier, maitre Nicolas, la nuit risque d'être longue et il ne faut pas que nous manquions de carburant…

Ne montrez pas les planches à Siméon, il n'y comprendrait rien.

Notez plutôt toutes les grossièretés qu'elles vous inspirent et faites-vous les traduire attendez, mais non il y encore plus simple et plus systématique, voyons ou l'ai-je mis ?" ...

Il s'affaira dans sa bibliothèque et en tira triomphalement un petit in-octavo.

- Prenez ce dictionnaire de langue verte de monsieur de Perret de Nangis, c'est une pièce rare, elle date d'avant la révolution.

On l'a guillotiné d'ailleurs le pauvre, mais pas pour ça, pour rien, en fait.

C'était un gourmet et il aimait les mots, tous les mots. Bon, faites vous traduire tout ça, pas à pas.

D'ailleurs les deux approches ne sont pas incompatibles: faites-vous traduire d'abord les mots du dictionnaire que les planches vous inspirent.

Allez, je vous laisse une demie heure pour les consulter, elles sont dans ce tiroir. Moi j'ai des ordres à donner pour le fiacre et la vinasse ...

La nuit fut effectivement fort longue et productive. Au petit matin Champollion avait déjà identifié deux caractères de plus et un signe diacritique.

Le premier caractère était "bronze" ou plus exactement le fait de couler, de fondre du/un/des bronze(s).

Comme toutes les écritures idéogrammatiques, l'égyptien ancien ignore les articles, les pluriels et les genres, tout est affaire d'interprétation contextuelle.

« Comme dans la traditionnelle insulte chinoise "et ta soeur elle habite toujours Pékin", le "ta" se déduit du contexte!..." avait triomphé Champollion devant un Denon médusé.

Le second caractère était l'adjectif "puissant" (double syllabe "Flahag'") et le signe diacritique, un privatif ("hada" avec un h aspire).

La combinaison du caractère et du signe diacritique ne laissait aucun doute.

Champollion jubilait.

Il pouvait enfin mettre des mots sur les hiéroglyphes et peu à peu tout prenait sens.

En trois mois fébriles, avec force vinasse, il avait déchiffré quarante des quatre-vingt-deux caractères des planches de Denon.

Nanti de ce bagage, il put alors s'attaquer à la pierre de rosette ou plutôt au relevé qu'en avaient fait les savants de l'expédition d'Egypte, avant de se la faire confisquer par les anglais, comme butin de guerre.

Parler d'elle comme de l'origine de la découverte ne serait donc qu'un demi-mensonge.

Cela soulagea un peu Champollion, tiraillé entre son amour de la vérité et sa promesse à Vivant Denon.

Six mois s'écoulèrent encore et il fut enfin prêt.

Le 27 septembre 1822, Il publia sa "Lettre à monsieur Dacier relative à l'alphabet des hiéroglyphes phonétiques" qui reçut un triomphe.

Il ne manqua de remercier publiquement et chaleureusement Vivant Denon pour avoir mis à sa disposition le relevé de la pierre de rosette ainsi que pour ses encouragements et ses judicieux conseils.

Ce n'était pas faux, mais incomplet.

 La véritable histoire du déchiffrement des hiéroglyphes n'émergea que l'an dernier lors de travaux de réaménagement du musée installé dans la maison natale de Champollion, à Figeac.

J'en ai eu la primeur par un heureux concours de circonstances. J'étais venu étudier les archives du musée pour nourrir mes prochains ouvrages.

Je satisfaisais un besoin pressant devant l'urinoir lorsque j'ai entendu un juron, avec un fort accent portugais, en provenance de la cabine des toilettes où s'activait, dans un bruit de marteau piqueur, ce que je pensais être un plombier et qui s'avéra être un maçon.

-"Mais qu'est-ce que c'est que cette connerie qui bloque mon marteau piqueur!!!"

 La "connerie" en question était une boîte en fer encastrée dans le mur. Je m'approchai et suggérai au maçon de la montrer au conservateur.

-"Ah ça jamais, pas à lui, après ce qu'il a osé dire devant moi sur "ces bons à rien d'Europe du sud qui coulent l'euro et ruinent nos banques".

Oui monsieur, il a dit ça, ce petit monsieur qui ne serait même pas assez fort pour tenir ce marteau piqueur en marche, qui ne saurait pas coller une plaque de BA13 ni couper un carreau de carrelage.
 Le bon à rien, l'inutile, c'est lui,

Il "conserve", la belle affaire ! les choses se conservent toutes seules.

Non, je préfère jeter ça à la déchetterie avec les gravats.

.D'ailleurs on ne peut rien en faire, même pas y mettre des outils, c'est tout cabossé et tout rouillé. Ca ne vaut rien…"

- Puis je vous accompagner a la déchetterie? Je ne la connais pas encore" suggérai-je alors

- Si ça vous amuse. Mais où est ce que vous mettez vos gravats alors ?

Et c'est ainsi qu'au prix d'un billet de cinq euros glisse au gardien de la déchetterie j'ai pu récupérer dans la benne à gravats la boîte et son contenu, un manuscrit de Champollion racontant le fin mot de l'histoire.

Depuis, la commune, le département, la région et le ministère de la culture se sont cotisés pour me racheter le manuscrit que j'ai après tout sauvé de la destruction et dont je suis l'inventeur, au sens archéologique du terme.

J'ai tenu à remercier à ma façon monsieur Dos Santos de l'entreprise de maçonnerie Dos Santos et Dos Santos en lui offrant un exemplaire dédicacé de chacun de mes ouvrages soit l'équivalent, familier pour lui, d'une bonne brouette de chantier.

Il a dit que ça tombait bien car il avait une cheminée à bois.

J'imagine qu'il veut me lire au coin du feu.

N'est-ce pas merveilleux ?

Ces mains calleuses et qui ont trempé toute la journée dans la sanie, vont, le soir venu, tourner des pages que j'ai écrites et leur propriétaire voyager par l'esprit dans l'espace et dans le temps jusqu'a l'époque des pharaons.

Il va découvrir en avant-première les aventures des auteurs des graffitis que; j'ai pu reconstituer à partir des planches de Denon qu'on a finalement trouvé dans un carton jamais ouvert qu'il avait légué aux archives nationales.

 Les graffitis de la joyeuse bande d'artisans au chòmage de Midinet Abou datent de la période troublée qui a suivi la mort d'akhenaton, pharaon quasi-monothéiste et la reprise du pouvoir réel par les prêtres d'Amon vers 1200 avant Jésus Christ.

Vous aussi, dans mon prochain ouvrage, à paraître dans trois mois, le temps de l'écrire, ferez connaissance avec la belle Clitoris, avec le joli coeur Tathmasis, avec le facétieux Sesshoushpet, avec le timide Houtoutefouré et avec l'acide Nephrit.

Vous rirez aux blagues salées de Pfeffer, vous baffrerez avec Haffepshit, les plats préparés par le cuisinier Moulphrit, sans parler d' Ahmès Hetouhmou, d' Hank- Oremptikou, et d' Akelteton.

Des momies, du sang, du sable, du sexe. Ne vous précipitez pas sur vos déambulateurs, il y en aura pour tout le monde !

Etc

20.

JARDIN DES PLANTES

(PARIS)

À la manière de

l'ex-docteur Dukan

DE LA SALADE SUR LES DENTS DE LA JOCONDE

Dr Pierre Dukon

"Le régime Dukon : maigrir en dévorant"

(D'après vaguement "je ne sais pas maigrir", "Les recettes Dukan", "La méthode Dukan illustrée", "Les 100 aliments Dukan à volonté", etc)

"1.Introduction : notions de base

Ce septième livre est le terme et l'aboutissement d'une réflexion de vingt ans. Il complète les six livres précédents et y fait fréquemment référence pour les notions de base. Il ne peut donc se lire sans eux. Vous les trouverez sans peine chez votre libraire ou dans votre grande surface car ils ont été récemment réédités.

 J'ajoute que pour commencer sérieusement le régime Dukon, un abonnement à mon site internet régime.dukon.com me paraît indispensable. Parmi les services proposés par celui-ci, je peux vous garantir, moyennant un léger supplément, le même coaching entièrement personnalisé que j'assure quotidiennement déjà à 200.000 de mes patients, surtout des patientes en fait, si j'en crois les relevés de carte de crédit.

Enfin la boutique en ligne avec, en exclusivité, tous les produits alimentaires franchisés Dukon, vous aidera dans votre "effort minceur".

Vous y trouverez également des produits non alimentaires tel qu'un terrarium pour pouvoir produire vous-même vos larves d'insecte et vos vers (voir plus bas), des agendas reliés crocodile ou cuir vachette pleine fleur siglés Dukon pour noter vos phases de régime, vos pertes de poids et vos commandes, des produits de beauté naturels comme la laque qui est le secret de mon brushing, tant aimé de mes patientes, et prochainement des cures d'amaigrissement couplées soit à de stages de survie soit à des safaris.

Ces bases étant posées, laissez-moi vous expliquer l'origine de ma démarche et comment j'ai trouvé la formule révolutionnaire du régime Dukon.

2. Petite histoire du régime Dukon

Mon intérêt pour les questions de nutrition et de diététique est le fruit d'un hasard.

Un hasard heureux, me dit souvent mon banquier.

Jugez-en plutôt.

Après mes études de médecine et ma spécialisation en proctologie, je m'étais installé dans le Marais et gagnais déjà fort confortablement ma vie.

Mais j'étais un peu las de ce que ma secrétaire appelait spirituellement mes trains-trains et je délaissai de plus en plus souvent mon cabinet et ma clientèle pour de longues promenades dans Paris, pour prendre du recul.

Un jour mes errances m'ont mené au jardin des plantes.

Chemin faisant je m'étais acheté des abricots, un aliment que je réprouve formellement aujourd'hui, mais que j'adorais alors. Désœuvré, je me suis rapproché de la cage des orang outangs.

Là j'ai été frappé par l'air totalement déprimé, et donc terriblement humain, d''un grand mâle affalé.

Dans l'espoir d'attirer son attention et pour le distraire de son spleen, j'ai lancé un abricot en cloche par-dessus les barreaux.

Mon orang outang s'est effectivement redressé, a fait quelque pas, a pris l'abricot du bout de son long bras poilu puis il l'a examiné attentivement et l'a ouvert en deux.

Je m'attendais à ce qu'il en avale les deux moitiés l'une après l'autre, et m'extasiais déjà sur sa délicatesse de manière, lorsqu'à ma grande surprise, je l'ai vu en extraire le noyau, puis se fourrer ledit noyau dans l'anus d'un geste décidé et que je jugeai, fort de mon expérience, très professionnel.

Puis, de manière non moins étonnante, il a ressorti le noyau, a reconstitué le fruit en recollant les deux moitiés de part et d'autre du noyau et a avalé le tout d'un seul coup.

Il n'avait plus du tout l'air déprimé et, à en juger par le regard intéressé qu'il m'adressait, souhaitait renouveler, au plus vite, l'expérience.

J'étais extrêmement intrigué et, pour tout dire, légèrement paniqué.

Je venais d'apercevoir le petit panneau interdisant de nourrir les animaux et craignait d'avoir perturbé le régime alimentaire normal de l'animal.

Je courus voir le gardien, qui, malgré mes plates excuses, m'engueula copieusement, avant de se radoucir devant mon intérêt pour le comportement de son pensionnaire.

Il l'appelait Gérard ou Gégé, du fait d'une vague ressemblance avec un ex-jeune premier du cinéma français.

Mais à la différence dudit Gérard le nôtre n'était devenu pas obèse: sa petite fourrure rousse ne dissimulait aucune poignée d'amour.

"Ah oui, pour le noyau, hein, il le fait toujours; ça, il est malin mon Gégé, malin comme un singe, faut dire qu'une fois, un touriste, un belge bien sûr, lui a lancé un avocat, oui monsieur! Un avocat je vous demande un peu! Et il l'a gobé comme ça avec la peau et le noyau. Il a fait une occlusion intestinale, alors depuis il vérifie avant que ça peut passer. Malin non !"

J'ai toujours aime les singes et leur mimiques, mais il n'y a que Leo Ferre qui sache bien en parler. Je vais essayer quand même. Je vois encore l'air bonasse de Gégé, son regard tendre, mais aussi son geste techniquement parfait, son expression soudain éveillée et vive et l'équilibre absolu de son corps, malgré ses membres démesurés, son ventre plat, sa totale absence de cellulite ou de masses adipeuses malgré l'absence d'exercice et la nourriture quasi à volonté.

Et soudain une évidence m'a frappé: il n'y a pas de singes obèses, ni dans la forêt ni même au zoo de Vincennes ou au Jardin des Plantes.

N'est-ce pas lumineux!

Mangeons comme eux !

Apres tout, nous sommes, nous aussi, des primates. Des primates qui ont réussi, mais des primates qui ont été victimes de leur succès.

Pour redevenir minces comme nos cousins ou nos frères, il suffit que nous recommencions à manger comme eux ou du moins comme mangeaient nos ancêtres Sapiens Sapiens avant la découverte du feu, qui nous a définitivement dégagé de l'animalité et ouvert grand la voie de l'obésité.

Je me suis mis alors à étudier à la nutrition des primates et celle des pithécanthropes, homo habilis, homo ergastus, neanderthal, cro-magnon et autres hominidés jusqu'au paléolithique moyen.

J'ai lu, étudié, expérimenté et testé sur des amis, dont certains ne me parlent plus, tâtonné, beaucoup, je l'avoue, jusqu'à trouver la formule parfaite.

3. Difficultés et efficacité du régime Dukon:

etc

DE LA SALADE SUR LES DENTS DE LA JOCONDE

21.

Archives nationales

(Paris/Sarcelles)

Et

22.

(Préfiguration de la)"Maison de l'histoire de France "

(Paris)

A la manière de Dan Brown

Dan Prawn

"Da Vinci ipod"

(D'après, vaguement, "le symbole perdu", "Da Vinci Code" et "Anges et démons" de Dan Brown)

<u>Les personnages :</u>

Sophie Ducière, directrice des archives nationales, son prédécesseur, la Direction Centrale du Renseignement Intérieur (DCRI), le commissaire Glouzot du troisième arrondissement de Paris, Robert Langdom, symbologiste américain, deux maires de Nice et un député du même endroit, Leonard de Vinci, sa soeur, Nostradamus, Attila, des descendants mystérieux de celui-ci, les dirigeants de géants de l'informatique, les templiers, la confrérie de l'andouillette AAAAA, les gérants de la boutique chaînes et cuir "TTBM", les scientifiques du CERN à Genève et de nombreux autres comparses de moindre importance. C'est une super-production à l'américaine tout de même.

<u>Le pitch</u>

Un mystérieux fragment du codex Sussex a disparu des archives nationales. Du coup le géant du net Gogol, qui devait le numériser, refuse de sponsoriser comme prévu le déménagement des archives nationales pour Sarcelles, pour installer à la place le musée de l'histoire de France, voulu par Nicolas Sarkozy. Sophie Ducière, directrice des archives nationales et le commissaire Glouzot du troisième arrondissement, se voient donner quatre jours par l'Elysée, qui devait annoncer le partenariat avec Gogol à Davos, pour résoudre l'affaire. Ils font donc appel au célèbre symbologiste américain Robert Langdom. Mais, dès l'arrivée de celui-ci, les choses se compliquent.

<u>Note du traducteur :</u> *on reproche souvent à Dan Prawn un soi-disant manque d'épaisseur psychologique de ses personnages, qui seraient simplement jeunes, beaux et bons. Dan Prawn a tenu à faire taire cette critique, par un portrait psychologique fouillé de son héroïne, que n'aurait peut-être pas renié madame De Lafayette. Il est vrai que le président Sarkozy, grand connaisseur en matière de finesse psychologique, nous a dit tout le bien qu'il fallait penser de madame de Lafayette et de sa "princesse de Clèves".*

"Sophie Ducière, Directrice des archives nationales de France était une jeune femme compétente et ambitieuse. Très compétente et très ambitieuse.

Compétente, il avait fallu l'être pour survivre a une classe préparatoire à Henri IV a l'école des chartes et à l'école du patrimoine.

Mais la plupart de ses collègues l'étaient tout autant qu'elle.

Et elle l'admettait bien volontiers, en privé seulement.

Mais ambitieuse, elle l'était plus que la plupart d'entre eux.

Ce qui en avait fait depuis peu, et à moins de quarante ans, le plus jeune des directeurs des archives nationales depuis la création du poste en 1790 et la première femme titulaire du poste.

Pour ce faire elle était passée, en les piétinant au passage, sur le ventre d'une bonne cinquantaine de collègues ayant plus d'ancienneté.

Et ce qui les faisait enrager tous, c'est qu'elle n'avait même pas couché pour en arriver là.

Et comme ils étaient quand même trop bien élevés pour en lancer le bruit, il en enrageaient plus encore.

A vrai dire la question ne s'était même pas posée.

Toutefois Sophie ne se faisait aucune illusion sur ce que cette nomination devait à ses talents professionnels.

Elle s'était juste trouvée là au bon moment et avec le bon profil (au propre et au figuré: elle était relativement photogénique et cela avait été probablement décisif).

Et le président avait fait un casting, un de plus, rien de plus.

Il n'était pas d'usage que le président se penchât sur le choix du directeur des archives nationales, mais cette fois il en était allé autrement.

En effet le prédécesseur de Sophie avait eu l'obligeance de demander, de lui-même, sa mise à la disposition de la mission de préfiguration des archives du bagne de l'Ile du Diable à Cayenne.

Un peu plus tôt, il s'était répandu dans Paris pour dire tout le mal qu'il pensait du projet du président de transformer le siège des archives nationales dans Le Marais en une "maison de l'histoire de France".

"Un petit barnum parce que tout chez lui est petit », « un Disneyland à la sauce Mallet et Isaac » se plaisait il à répéter.

Le mot "Disneyland", auquel le président était fort attaché, pour des raisons sentimentales, avait été pris en haut lieu comme une insulte personnelle.

Aussi alors que le directeur des archives préparait en sous-main une pétition contre le projet en page 3 du Monde, réunissant le ban et l'arrière ban du collège de France, de l'Institut et de la Sorbonne, une enquête prestement menée par la Direction Centrale du Renseignement Intérieur avait déterré une sombre affaire de bizutage à l'Ecole des Chartes ayant (un peu) mal tournée trente ans plus tôt et qui avait été étouffée à l'époque.

Cela avait convaincu le directeur d'aller goûter, prestement, aux charmes équatoriaux de la Guyane.

On racontait dans les couloirs des Archives Nationales que, convié à l'Elysée, par son secrétaire général, celui-ci lui avait dit, en lui tapotant l'épaule avec une familiarité amicale "le legs Dreyfus a besoin de vous... là-bas"

 Le président s'était donc trouvé avec un poste vacant à pourvoir plus tôt que prévu et c'est sur Sophie que son choix s'était porté.

Un bon choix, sans aucun doute: Sophie avait l'échine souple et comprenait vite.

Elle avait pourtant commencé sa carrière modestement ,comme nombre de ses collègues, dans un dépôt d'archives départementales.

Mais après des années d'études de bas-latin et de vieux français dans des manuels édités par les Belles Lettres sur papier vergé, elle avait réalisé qu'elle avait complètement fait fausse route en se trouvant confrontée pour la première fois de sa vie, de manière prolongée, avec l'odeur de moisi humide qui nappe tous les dépôts d'archives.

Le fait que son patron d'alors, un vieux conservateur au bord de la retraite, s'obstinasse à la frôler au fond du dépôt sous prétexte de lui montrer telle ou telle vieille charte mérovingienne (sans même assumer pleinement son fantasme), avait ajouté à son dégoût.

Aujourd'hui encore, elle allait le moins souvent possible visiter les dépôts et le faisait toujours avec un masque "A la japonaise", disait-elle, par coquetterie, et elle avait même réussi à lancer une petite mode.

Au bout de quelques mois, elle avait demandé sa mutation et avait réorienté sa carrière vers le versant le plus glamour de sa formation, la conservation de musée.

Très vite elle avait tourné le dos aux idéaux austères de sa jeunesse: travailler dur, vivre peu, vivre assez mal mais vivre pour conserver et transmettre le passé.

Elle avait en effet pris goût au cortège de cocktails, de vernissages et de petites mondanités avec les élus et les journalistes qui accompagnent la vie culturelle, même en province.

Elle avait jeté son dévolu sur la côte d'azur : "des vœux monacaux aux veules de Monaco" s'avouait elle parfois.

Au bout de quelques années, et de beaucoup d'entregent, elle s'était retrouvée à Nice.

C'était là qu'elle avait fait montre de tout son potentiel.

 D'abord, elle avait survécu à deux maires successifs, aussi peu intéressés l'un que l'autre par la culture en général, et par l'art moderne en particulier, dans une ville qui, pourtant, en regorgeait pour avoir attiré à sa proximité Cocteau, Matisse, Chagall, Picasso, Léger, Dufy, Klein, j'en passe et des meilleurs.

C'en était au point qu'elle les appelait affectueusement "mes deux G" par référence à deux amateurs d'art figuratif allemands de la première moitié du vingtième siècle, prématurément disparus, et dont le nom commençait par un G.

Le premier maire, homme de conviction, avait garde sur l'art les idées carrées de son parti d'origine, le front national.

 Il fallait qu'il soit "sain et éducatif ou à la rigueur pourvoyeur de devises fortes". Dieu merci, les américains, japonais et autres anglais avaient fait en sorte de le satisfaire.

Le second voyait plutôt dans la peinture un art appliqué.

Ancien champion de France de motocyclisme et, de ce fait, surnommé facétieusement "motocrottes" par ses collègues députés, il n'appréciait vraiment la peinture que sur des surfaces concaves.

Le coup de génie de Sophie avait été d'organiser au musée d'art moderne de la ville une exposition intitulée "décoration et design de choppers, un art de brutes ou un art brut?".

L'inauguration avait eu lieu en présence de la famille Koodbool, les célèbres fabricants de choppers de Citrus County.

Les aventures de la famille, sous forme de reality show hebdomadaire, mêlant gros cubes et goualantes du patriarche barbu Paul Senior, sur sa bande de barbus à moitié obèses, faisait les délices du maire qui les regardaient en boucle sur la chaîne Découverte (sans s).

Le maire était aux anges, allant d'un engin à l'autre, caressant là l'écartement d'une fourche, s'émerveillant ailleurs de l'astiquage parfait d'un pot d'échappement ou de la subtilité d'un dégradé de flammes rutilant sur un réservoir king size, le tout sous les flashes des photographes et sous les sunlights des caméras de la chaîne Découverte, qui en profitait pour tourner un nouvel épisode de la série. Le maire, pourtant habitué aux caméras, même si c'était surtout celles de FR3 Nice, était fou de joie: il allait se trouver héros dans sa propre série favorite.

Ca avait été l'un des plus beaux jours de sa vie. En plus Sophie s'était occupée de tout, même de la tournée des Macdonalds de la ville par les Koodbool après l'inauguration, même du classement des plaintes des riverains et de leur dédommagement après qu'elle ait prudemment abandonné les Koodbool, qui avaient voulu terminer la fête, hors caméras, dans le vieux Nice.

 Le maire, aux anges, l'avait étreinte et d'une voix cassée par l'émotion, et d'où avait disparu toute faconde méridionale, lui avait dit "Sophie, c'était sublime, un rêve devenu réalité, je te revaudrai ça, je te le promets".

Et le plus étonnant est qu'il avait tenu parole, en la recommandant chaudement lorsque le poste de directeur des archives nationales s'était trouvé vacant.

Il faut dire que les niçois, le "gang des niçois" disaient certains- eux préféraient s'appeler entre eux "la salade"- avaient le vent en poupe.

Après un détour par l'écologie, qui s'était avéré électoralement peu payant, l'heure était au retour aux fondamentaux, la chasse à l'électeur à sa dextre, fondamentaux dont les varois, eux, il fallait bien le reconnaître, ne s'étaient jamais écartés.

 Témoin de cette faveur l'intérêt bienveillant que le ministère de l'intérieur d'une part, et celui de l'identité nationale et de l'immigration d'autre part, avaient exprimé pour la proposition de loi d'un ancien assistant parlementaire devenu, par la grâce d'une suppléance, député, de faire installer des portiques de détection d'armes a feux à l'entrée des maternelles des ZEP et d'y transformer la sieste obligatoire en couvre-feu, avec retrait des allocations familiales à la première incartade et expulsion de la famille doublée de déchéance de nationalité en cas de récidive.

Les sondages avaient été bons, La proposition serait discutée à la prochaine session parlementaire et les décrets d'application étaient en préparation.

 Presque malgré elle, Sophie avait bénéficié de la vague.

Quand elle y pensait ,elle se disait qu'elle était l'olive dans la salade.

 Mais tout cela sentait un peu trop l'anchois, ne serait-ce que pour la date.

Bref, elle avait été parachutée directeur des archives nationales après un entretien de dix minutes avec le secrétaire général de l'Elysée.

Sur le moment il lui avait semblé qu'elle avait bafouillé et complètement raté l'épreuve.

En même temps, en partant, elle avait vu un pouce se lever à la hauteur d'un enfant de dix ou douze ans, au coin de la porte d'entrée du bureau.

Sur le moment elle s'était dit qu'elle avait tapé dans l'œil d'un très jeune admirateur égaré dans ces salons.

Il n'y avait aucune forfanterie dans cette réflexion, elle savait d'expérience quel effet produisait le contraste entre son chignon, ses lunettes fines et ses tailleurs stricts mais ajustés, d'une part et ses formes généreuses, d'autre part.

A l'école des chartes, on l'avait surnomme pour cela "la pouliche", mais il est vrai qu'il en fallait peu pour affoler ces binoclards.

 Elle n'avait réalisé que bien plus tard, avec le coup de fil de l'Elysée lui annonçant sa nomination, que le pouce appartenait au président et que son mouvement vers le haut valait onction.

Elle préférait ne pas penser au même pouce, peut être tourné, un jour, vers le bas.

 Elle s'était donc retrouvée en charge du déménagement à Sarcelles et de l'exposition de préfiguration sur le thème "amour quand tu nous tiens: 2000 ans de passion amoureuse chez les rois, empereurs et présidents de la France éternelle".

Le thème avait été choisi, après sondages, par la cellule de communication de l'Elysée. Ca exposerait Carla ce serait bon pour les ventes de Marie Patch et pour les votes dans les maisons de retraite.

Guy Breton et Louis Pauwels plutôt que Marc Bloch et Fernand Braudel, un choix tout à fait dans la ligne du quinquennat.

Au début elle s'était prise au jeu.

 Le thème était amusant et les collections nationales regorgeaient d'objets originaux susceptibles de l'illustrer.

Par exemple elle avait récupéré à Amboise le bilboquet stylisé du duc de Joyeuse, un cadeau personnel d'Henri III et à Vincennes, dans la bibliothèque de Charles V, le premier manuscrit illustre du Kama Sutra jamais parvenu en France. Il était passé par les empires abbasside puis byzantin via Venise, une pure petite merveille.

Les protestations des conservateurs auquel elle arrachait les pièces, qu'elle comparait volontiers aux grouinements des gorets à l'approche du couteau du boucher, ne faisaient qu'ajouter à son plaisir.

Ces grouinements étaient paradoxalement d'autant plus frénétiques que la pièce avait sommeillée longtemps, oubliée, dans les réserves.

Mais on se lasse de tout, même des grouinements de gorets.

Les rois, empereurs ou présidents faisaient montre de beaucoup d'impatience mais de bien peu d'originalité et de finesse dans l'expression de leurs sentiments amoureux.

Dans l'ensemble c'était même consternant.

Ainsi Napoléon qui écrivait d'Italie a Joséphine, après la bataille de Marengo "ma Fifine, il me tarde tant de te revoir. Cette envie et la passion m'étouffent et m'aveuglent, je voudrais pouvoir te b… par -dessus les Alpes..etc" .

Quelle ambition, quelle modestie, comme disait Hugo dans la légende des siècles "Déjà Rome perçait sous Sparte et Napoléon sous Bonaparte".

On savait comment ça avait fini, n'est pas Rocco Siffredi qui veut.

Pour son petit neveu Napoléon III, c'était encore pire.

La pièce choisie était une liste de licences de bureaux de tabac attribuées en récompense aux parents des lorettes, conquêtes d'un soir, ou de quelques jours, de l'empereur, tirée des archives du ministère de l'intérieur.

Ce qui faisait le caractère unique de la pièce était une annotation manuscrite de la main de l'empereur en haut à droite "dans buraliste il y a urals".

Ce n'était pas tant l'anglicisme qui était impardonnable. Après tout il avait passé une bonne partie de sa vie en exil en Angleterre.

C'était son humour de garçon de bains.

Et il était coutumier du fait puisque le duc de Morny racontait dans ses mémoires que l'empereur se plaisait à répéter que "dans bordelaise il y a ordel et aise" et que l'impératrice Eugénie répondait invariablement avec son accent espagnol à couper au couteau "et fous trouber cha drrrole Napo".

Non cela ne l'amusait plus et ce soir, après plus de dix ans de carriérisme et d'arrivisme forcenés, et finalement couronnés de succès, elle était soudain prise de quelque chose dont elle croyait s'être a jamais débarrassée: des scrupules déontologiques et professionnels.

Ce n'était pas la transformation de archives nationales en un petit barnum de l'histoire de France, pour reprendre l'expression de son prédécesseur, qui la chiffonnait.

 Non, cela faisait partie de l'équation de départ. Et puis après tout c'était déjà inespéré que ce Président laisse derrière lui un musée autre que de montres. Et ça couterait moins cher aux finances publiques exsangues qu'Orsay, le Grand Louvre ou Branly.

Ce n'était pas non plus le déménagement de l'administration des archives du Marais vers Sarcelles qui la choquait non plus, aussi peu réjouissante que fut cette perspective.

Ca c'était plutôt un coup de maître par lequel le président Sarkozy avait fait taire le PS et à travers lui les intellectuels de gauche sur son projet.

Elle songea d'ailleurs avec amusement que si jamais DSK était élu et l'exposition permanente maintenue le grand hall de l'hôtel des archives, pourtant l'une des plus grandes pièces de Paris lors de sa construction au moyen âge, serait bientôt surencombrée et qu'il faudrait à nouveau déménager.

Ce n'était pas enfin l'hypocrisie suprême de la création d'une classe préparatoire à l'école des chartes au lycée de Sarcelles pour que, selon les termes du communique présidentiel "mettant à profit la présence dans la ville du siège des Archives Nationales et donc des meilleurs enseignants et des meilleures ressources, Sarcelles rivalise comme pôle d'excellence républicain avec Henri IV et les grands lycées parisiens".

 Là, elle avait l'intention de les surprendre tous.

Après tout Sarcelles était riche de nombreux jeunes gens studieux, rompus à la pratique quotidienne et intensive de langues mortes difficiles et passés maitres dans l'art délicat d'une éxégèse, certes parfois un peu littérale, mais aux ressources dialectiques complexes et imaginatives: les étudiants juifs orthodoxes d'une part, les jeunes étudiants des écoles coraniques d'autre part.

Il suffisait d'entendre Tarik Ramadan expliquer en termes patelins, mais dans un français parfait, et citations à l'appui, pourquoi la lapidation des femmes -et des femmes uniquement- pour adultère n'était pas après tout une si mauvaise idée, une fois replacée dans son contexte ou, dans le même esprit, tel rabbin ultra-religieux expliquer, également citations a l'appui, pourquoi il fallait expulser tous les palestiniens de Judée-Samarie.

Avec un peu de charme avec les imams et les rabbins concernés, elle se faisait forte de démontrer à ces hypocrites de l'Elysée que le matériel humain de la banlieue valait bien celui de la bourgeoisie parisienne ou provinciale, même la plus méritante.

Elle ne pensait pas cela par militantisme ou humanisme, mais par pur cynisme.

Elle savait, par expérience, qu'un chartiste comme d'ailleurs un normalien, un polytechnicien ou un énarque, ça se fabrique, quelque soit le matériau de base, pourvu qu'il ne soit pas complètement stupide, soit suffisamment malléable au départ et très, très endurant par la suite.

Le reste n'était qu'une affaire de clés, de codes, de recettes, de méthodes, de volonté et de beaucoup, beaucoup de travail.

Non, tout ça l'amusait plutôt. Ce qui ne passait pas ce soir, c'était la réception de la liste des pièces choisies à partir de 1875.

Elle avait été écartée de ce choix.

S'agissant de ses prédécesseurs dans la fonction, le président Sarkozy avait décidé de choisir lui-même les pièces qui seraient exposées. Il y avait mis un soin tout particulier pour ceux de la cinquième république.

Et Sophie Ducière trouvait ce choix consternant.

Passe encore pour la vitrine Félix Faure(le chapeau à la voilette judicieusement percée de madame Steinhell, le marteau dont les employés des pompes funèbres s'étaient servis pour atténuer une protubérance fâcheuse et le mot autographe de Clemenceau "il avait voulu être César, il a fini pompé").

Là il y avait 113 ans d'écoulés, on pouvait à la rigueur considérer ces pièces comme historiques mais les autres ...

Pour Pompidou, une photo de Stefan Markovic vivant (don du prefet Marchiani) puis mort (don de Dédé la caille); pour Giscard, un bidon de lait défoncé (don du Canard Enchaîné) et un exemplaire de "démocratie française" maculé de rouge a lèvres et annoté ei have read it all night and was so excited, where do you find all that, my grand chauve à col roulé ?" (don de mr Giscard d'Estaing) et un fragment de pilier du pont souterrain de l'Alma (don des services techniques de la ville de Paris);

Pour Mitterrand un simple diorama faisant songer à un florilège des nominées pour les rôles féminins aux Césars (don de Roger Hanin).

Pour Chirac, une minuterie étanche, un pommeau de douche chromé et l'ouvrage de son chauffeur ouvert à la page correspondante (don commun de messieurs Giscard d'Estaing et Sarkozy),

Pour le président Sarkozy enfin. Une poupée vaudou de Richard Attias en état de marche, des oreille de Mickey et un bandeau de Minnie, échangés à Disneyland lors de l'officialisation de l'Idylle, le livre de coaching fitness de Julia Imperiali ouvert à la page sur les exercices de musculation du périnée et le défibrillateur qui avait sauvé le président après son malaise vagal (tous dons du couple présidentiel).

Sophie contempla une nouvelle fois la liste.

On avait convoqué le conseil d'état, en pleine période de vacances judiciaires, pour passer le décret de classement.

Les photographes de Marie Patch avaient déjà été convoqués pour un reportage exclusif en avant-première.

Oui, décidément cette liste était consternante.

C'était l'"effet piscine": on croit avoir touché le fond et qu'en appuyant on va remonter. Mais on appuie, et le fond se dérobe encore. Et on continue à s'enfoncer.

Là, c'était du niveau "musée de la fidélité conjugale John F Kennedy" ou "musée du mariage heureux Henri VIII".

Pour la dixième fois de la soirée elle se demanda si elle n'allait pas envoyer sa démission et, pour la dixième fois également, elle y renonça.

L''Elysée la punirait sauvagement, pouce vers le bas cette fois et ces vieux cons qu'elle avait grillés dans son avancement le lui ferait payer trop cher, et trop longtemps.

Il n'y aurait pas de dépôt d'archives assez humide, ni assez paumé pour lui faire expier.

Bar Le Duc ou Charleville Mézières étaient trop bien encore et puisque Cayenne était déjà prise par son prédécesseur, elle était bonne pour les archives de Mata Hutu a Wallis et Futuna ou celles de Saint Pierre et Miquelon à moins qu'on ne l'envoie trier les archives de la Terre Adélie et des Kerguelen.

 Et puis après tout elle n'avait à avoir honte de rien, le directeur du trésor avait lui aussi moins de 40 ans et personne n'y avait trouvé à redire.

 Et puis aussi les américains considéraient comme une date majeure de l'histoire de l'art le jour où Jackie Kennedy avait imposé des nappes de couleur au lieu de nappes blanches a la maison blanche.

 Alors, à ce train, pourquoi ne pas considérer comme historique le bandeau de minnie de Carla au même titre que le chapeau de Napoléon conservé à Fontainebleau.

C'était juste l'accélération du temps. Tant qu'à faire dans le chapeau, celui de Michael Jackson avait fait 20.000 dollars sur ebay, on n'osait pas songer à ce qu'aurait fait la culotte de Madonna chez Christie.

Tiens, la culotte de Madonna songea t'elle, le président l'avait oublié dans sa liste pour Chirac celle-là, il est vrai qu'à force d'écouter du Barbelivien…

Non finalement ça n'en valait pas la peine.

En courbant l'échine deux ans encore elle pourrait peut- être se faire nommer ailleurs au tour extérieur, à la Cour des Comptes ou au Conseil d'Etat, loin des griffes vengeresses des vieux conservateurs. Le "servateurs" était de trop pensa-t' elle.

Elle en était là de ses réflexions quand l'alarme retentit de manière assourdissante dans tout le bâtiment.

etc

23.

Musée de la mode Galliera

(Paris)

À la manière d'Erik Orsenna

Erik Leif Olaf Porcinna

"L'entreprise des dindes"

Je vais vous raconter l'histoire de tout un univers.

Un univers méconnu.

Un univers refoulé, même.

Celui de la soie, des damas et de la pourpre , celui des cothurnes, des poulaines, celui des chitons, des toges, des chasubles et des caftans, celui des pourpoints et des brandebourgs, celui des tricornes, des toques, des tiares, des turbans, des aigrettes et des plumes, celui des torques, des bracelets, des fibules, des labrets, des tatouages, des bracelets, des gourmettes, des médailles, des chaînes, des perles et des diamants, bref l'histoire du costume MASCULIN des origines à nos jours.

De ses débuts glorieux, la cougourde évidée, l'étui pénien, le pagne -plus encore qu'un costume :une affirmation de soi, une promesse de bonheur - , à son apogée, du seizième au dix-huitième siècle: les fraises, les crevés, les culottes bouffantes, la pelleterie, les perruques, les brocarts -splendeurs contemporaines de Versailles, d'Ispahan, d'Agra et de la cité Interdite - à son naufrage sinistre des dix- neuvième, vingtième et hélas vingt et unième siècle .

Oui naufrage sinistre, calamiteux même, je n'ai pas peur des mots.

Vous croyez que j'exagère ?

Que non pas.

Comparez, par exemple, le portrait de Louis XIV par Hyacinthe Rigaud et le portrait officiel de François Hollande par Raymond Depardon, tous deux maîtres de la France à trois siècles d'écart.

Louis quatorze, déjà âgé, juché sur des escarpins a haut talons et à boucles, en bas de soie, le mollet avantageux -il s'en vantait-, la fistule à peine protégée par une petite culotte bouffante, drapé dans une cape de soie et de brocards bleu France, bordée d'hermine, emperruqué jusqu'au milieu du dos et tenant un sceptre.

Pour ses contemporains, l'incarnation de la puissance et de la majesté.

Pour nous un vieux travelo, une drag queen, qui, il y cinquante ans, aurait fini au bloc pour attentat à la pudeur et scandale sur la voie publique, et qu'on prendrait aujourd'hui pour un militant d'Act up en train de tracter dans Le Marais.

A côté de cela, François Hollande en costume sombre dans les jardins de l'Elysée.

Un croque mort. Un croque mort sympathique, sincère et instruit, mais un croque mort.

Rien d'autre

.

Oui, cette histoire est celle une route glorieuse, qui s'arrête d'un coup, et qui au lieu de revenir au sable comme la route de la soie, finit dans les ornières et dans la fange humide d'un marécage, cernant une décharge sauvage.

Car quelles sont les couleurs de l'homme aujourd'hui je vous le demande ?

Le noir comme une flaque de cambouis, le marron comme un amoncellement de bouses de maturité variable, le bleu marine, tellement sinistre qu'il n'existe même pas dans la nature et le gris comme un ciel de nuages bas qui s'apprête à crever pour vous tremper jusqu'aux os.

Et pour les fantaisistes, le caca d'oie, le bien nommé et le vert foncé, la couleur d'un compost bien fumant.

Et je ne parle du blanc, cette non-couleur, et du bleu ciel, cette couleur de layette qui sent le vomi laiteux du nouveau-né.

Seul vestige de coquetterie masculine, misérable et pathétique : la cravate, empruntée aux costumes bariolés des régiments de hussards croates du dix-septième siècle.

Elle fait payer sa maigre fantaisie - un peu de couleur-, par un étranglement permanent.

Non ,triste époque, vraiment, et ignoble accoutrement.

Oui nous voilà revenu à nos origines. Non pas poussière retournant à la poussière mais boue revenue à la boue.

Il n'y a plus que les agents immobiliers -profession douteuse mais socialement utile comme les prostituées et les militaires - pour se payer le luxe de s'habiller en costume rouge ou jaune canari et les VRP pour mettre des vestes à carreau.

.C'est même à ça qu'on les reconnait.

Et je ne vous parle pas des militaires.

Là aussi le kaki, cette couleur d'excrément, a tout balayé, les pantalons garance, les red coats, les brandebourgs, les plumes, les cuirasses rutilantes, les casques à cornes, les bonnets à poils, les kilts, les jupettes à franges de cuir et les caligae, j'en passe et des meilleures.

Le hussard n'est plus sur le toit, il s'est noyé dans la fosse septique.

Il n'y a plus que le 14 juillet qu'on sorte le casoar, tant pis pour madame.

il n'y a qu'à l'académie française qu'on se déguise encore un peu et avec des épées en plus.

Mais c'est en vert foncé, et l'épée ,n'est plus, hélas, vu l'âge des impétrants, qu'un symbole ou un souvenir.

 Et tout cela tient plus du rituel de sénateurs cacochymes se faisant talquer et langer dans un bordel de la troisième république que de la célébration de la mémoire de Richelieu, un homme en rouge, portant robe et calotte, soit dit en passant.

Triste époque que celle qui bannit la couleur.

Et on appelle ça la civilisation et le progrès.

Moi, je comprends ceux qui se sont battus avec des sagaies et des sarbacanes contre les fusils et les mitrailleuses des colonisateurs et des missionnaires pour conserver le droit de porter hautement et fièrement leur étui pénien bariolé.

C'étaient des hommes, des vrais, pas les clônes couleur de merde ou de mâchefer que nous sommes devenus.

Et que dire de ces tissus ajustés, de ces camisoles étriquées où nous sommes enfermés et où nous étouffons tous, de haut en bas, du tour du cou, aux chaussures fermées, en passant par bien plus important encore.

Car le monde antique n'a pas connu le pantalon, de Sumer à Attila.

Ce sont les barbares des steppes qui l'ont inventé, pour mieux chevaucher à cru.

Contrairement à une légende tenace, les braies de nos ancêtres les gaulois n'étaient pas des pantalons mais des bandes molletières, comme en 14.

Le pantalon est donc une invention barbare.

C'est le chiton, la toge, le caftan, la robe de soie, le kimono, qui distinguent le civilisé du barbare.

Et même Attila, qui avait été otage à Byzance dans sa jeunesse, n'avait qu'une hâte, de retour en Pannonie: celui de le baisser pour se remettre une toge pour se sentir enfin à nouveau à l'aise au milieu de ses jeunes épouses.

Gengis Khan en portait et Tamerlan aussi. On sait ce qu'ils ont laissé: à part Samarcande, des champs de ruine, des pyramides de crânes et des millions de morts. Oui le pantalon est un vêtement de criminel.

Thèse hasardeuse, grotesque diront certains.

Pourtant dans la sombre histoire de l'Humanité les exemples abondent et tous me confortent.

 Ainsi Pierre le Grand massacre t'il tous les soldats du régiment révolté des streltsy allant jusqu'à en torturer et exécuter quelques-uns lui-même. Même chose quelques années plus tard avec les raskol, les vieux croyants.

Pourquoi tant de haine? Ils portaient le caftan et Pierre la culotte et Elizabeth et Catherine après lui.

Et ils ont rétabli le servage.

Avec Lénine et Staline, même chose avec deux crans de plus dans l'horreur, d'un côté complet veston puis pantalon et vareuse militaire, de l'autre des millions de moujiks et de koulaks en blouse. Ils n'avaient aucune chance.

Un massacre appelé révolution.

Et que dire des chemises noires face aux pagnes éthiopiens ?

Et du dhoti, le pagne drapé de Gandhi, face aux uniformes kaki des troupes coloniales britanniques ?

Le slip est la quintessence de cet engoncement.

Il contrarie le libre jeu de la nature, ce balancement circonspect, cette aération naturelle qui fait la beauté de nos congénères animaux mâles.

Mais la nature se venge.

Le slip maintient une température trop élevé pour une spermatogenèse de qualité. La semence se dégrade et s'appauvrit.

 les champs ont beau être labourés, la graine ne monte pas.
Si le grain ne meurt disait Gide, qui le semait du mauvais côté.…

Trop tard, et la mode éphémère des caleçons n'y changera rien.

Le grain est mort et il faudra en chercher du vif là où il est convenablement aéré, sous les djellabahs.

Eminence m'a tuer.

 il n'y a plus de kangourou prêt à bondir dans la poche que vous avez demandé.

Et que dire enfin de pilosités, cet ornement masculin naturel, des bouclettes des immortels des bas-reliefs de Persépolis à la majesté des mérovingiens incarnée par leur chevelure jamais coupée, de Charlemagne l'empereur à la barbe fleurie à l'empereur Frédéric Barberousse ou au pirate barbe noire.

 Par contre Attila et ses huns là encore sont décrits par les contemporains comme balafrés, en clair couturés de cicatrices de rasage, cet acte contre nature.

Le dix-neuvième siècle, tout en plongeant l'humanité dans la grisaille et la noirceur et l'étouffement des vêtements ajustés, a paradoxalement été le dernier âge d'or des ornements pileux, peut être par manière de compensation.

 Ah les rouflaquettes louis phillipardes, les boucles romantiques de la Jeune France de Gauthier et Hugo, les belles barbes de la troisième, les bacchantes 1900 et le proverbe sur le baiser sans moustaches, la barbe immense de Tolstoï, père noel de la steppe cachant sous elle Dieu sait quelle surprise.

Mais déjà le siècle de toutes les barbaries, le vingtième, s' avance, avec ses hommes glabres ou quasi. Qu'attendre d'un Guillaume II avec sa petite moustache en guidon de vélo, d''un Lénine avec sa barbichette, d'un Staline et d'un Hitler avec leurs petites moustaches, d'un Mussolini ou d'un Mao complètement glabres.

 Et dire que "la chose" dans la famille Adams passe pour un monstre, alors que si nous laissions faire dame Nature nous devrions tous lui ressembler…

Dame nature justement.

Du musée Galliera Notre voyage va se poursuivre au Museum d'Histoire Naturelle du Jardin des Plantes.

 Le professeur Bourquat, spécialiste du dimorphisme sexuel animal, va m'y expliquer pourquoi dans la nature, chez nos frères restés eux-mêmes, les animaux, les mâles sont toujours plus gros, plus beaux, plus colorés, plus ornés, plus coquets, plus voyants, plus emplumés parfois, que les femelles, ces petites choses grises et insignifiantes .

Pourtant, dans notre cas, les femelles nous ont dépossédés en quelques années de tout ce bel apparat, d'où le titre de mon livre: "l'entreprise des dindes".

24.

Conservatoire national

des arts et métiers

(Paris)

Ala manière de Blaise Pascal

Notice de la maschine pour l'usage de ceux qui seront assez malins pour la retrouver.

(Manuscrit retrouvé dans la doublure du pourpoint de Blaise Pascal lors de sa mort et exposé au Conservatoire National des Arts et Métiers aux côtés de la "pascaline" ,la machine à calculer construite pour son père par Pascal)

"J'écrivois bien "seront" puisque, la mort dans l'âme, j'avois décidé de dissimuler ceste maschine aux yeux -et aux mains- de mes contemporains et ceste notice également.

Cela n'a poinct été une décision facile, car je tiens ceste invention pour mon chef d'oeuvre, bien plus que la brouette, la calculette, le haquet[4], mon expérience sur la pression atmosphérique, mon théorème sur les coniques, mes observations sur la cycloïde et enfin mes libelles et ces petites pensées qu'il m'arrive de consigner parfois et de coudre dans mes vêtements comme un chien cache son os à moëlle...

Cette machine a nom le Philippier. Je n'ai poinct retenu la suggestion de monsieur de Champlain, en partance pour la nouvelle France de l'appeler "machine à boules"[5] . Je lui aict préféré le nom de "philippier", car j'avais dédié cette invention à Philippe d'Orléans, oui, Monsieur frère du roi.

Mal m'en a pris d'ailleurs, cette dédicace m'a ruiné et fait disgracié.

C'estoit donc sans regret que je visse les deux couvercles en marqueterie sur le plateau et le fronton de l'engin, comme on visse un cercueil, sans regret aussi que je referme ce tiroir, avec quelques brouillons qui pourraient me valoir condamnation en Sorbonne dedans[6], ce tiroir , qui m'a valu tant d'ennuis .

---

[4] véhicule hippomobile conçu pour le transport des marchandises en tonneaux.

[5] Et, de fait, c'est encore ainsi qu'on l'appelle au Québec.

[6] Dans un passage obscur du "Pendule de Foucault, ,Umberto Ecco laisse entendre que le philippier se trouve à l'académie Française, Quai Conti, dissimulé en console louis XIII et que son tiroir contient non seulement le véritable manuscrit complet des Pensées mais aussi la résolution de la conjecture de Fermat, les plan du four à micro-ondes et une formulation primitive de la théorie quantique. Qu'est-ce qu'on n'imaginerait pas pour vendre des livres?

La maschine estoit composée d'une petite table à tiroir en chêne de deux pieds de large et de trois pieds de long.

Ceste table est bancale car elle estoit légèrement inclinée vers le haut. Elle estoit montée sur quatre pieds solides en chêne noir chantourné, comme c'estoit la mode aujourd'hui, d'une hauteur de deux pieds et demi environ pour ceux sous le tiroir et de deux pieds trois quart pour ceux sous le fronton.

Au bout de la table se trouvoit un fronton de deux pieds et demi de haut, large, comme la table, de deux pieds.

Certains s'eschineront peut-être à retrouver le nombre d'or dans ces proportions. Elles m'estoient venues naturellement. Monsieur frère du roi qui estoit plus un soldat qu'un artiste, il est vrai, y voit lui une table de ferme sur laquelle on bousculoit une servante.

D'ailleurs il avait fait adorné le fronton, que j'avois laissé de bois verni, d'un tableau de monsieur Poussin, "les émois de Danae".

Monsieur de Philby, accompagnant le prince héritier anglais dans son Grand Tour, et ayant usé de la machine avoit re-baptisé le tableau "play it again Zeus".

Je maîtrisois mal cet idiome provincial et barbare qu'estoit l'anglais, mais il me sembloit que ce n'estoient point-là des propos à tenir de la part d'un curateur des collections de sa majesté la Reine, mais bien plutôt digne d'un cosaque de Tartarie.

De toute façon, cela n'avoit rien d'étonnant: monsieur Lully m'a dit qu'il luict avait aussi volé un hymne, une fort petite chose heureusement, "Dieu sauve le Roi" , je crois.

Dans le tiroirs sont rangées des billes de métal, d'environ un pouce de diamètre. Sur le côté droit du tiroir et face au fronton, se trouve ce que j'ai appelé une "tirette".

Il s'agissoit d'une tige de métal terminée par un bouton qui s'enfonçoit dans la table où elle est maintenue par un ressort et qui se terminoit par un autre bouton, plus petit et plat cette fois.

Si on la tiroit, une des billes du tiroir descendoit d'un petit couloir de bois incliné ménagé dans le tiroir pour se placer devant le bouton plat de la tirette dans le philippier.

En tirant plus ou moins en arrière la tirette et en la relâchant, on envoie la boule de métal plus ou moins fort sur le plateau.

Il estoit temps de décrire celuict-ci. Il estoit hérissé de "champignons" en cuir bouilli avec un anneau ou plus précisément une volve c'est-à-dire d'une lanière circulaire de cuir entourant le pied auquel elle est jointe par des ressorts horizontaux.

La boule, en redescendant, heurtoit plus ou moins vivement une de ces lanières et se trouvoit renvoyé vers un autre champignon, en dessus, en dessous ou sur les côtés selon l'angle de la frappe, tandis qu'un jeu de clochettes, dissimulé dans le chapeau des "champignons" retentissoit, rythmant ainsi la partie.

Bien sûr la boule, pesanteur aidant, sera inévitablement attirée par le bas du plateau.

Sur les deux côtés du tiroir, de part et d'autre de la tirette, se trouvoient deux petits boutons métalliques légèrement saillants et encastrés dans les parois latérales de la table.

Ils actionnoient par un jeu savant de levier, deux petites "raquettes ", deux pièces métalliques de deux pouces de long chacune, de bas en haut, laissant un espace de deux pouces entre eux, au milieu de la table, donnant en contrebas sur le tiroir.

Si la boule, renvoyée par un des champignons, tomboit sur un de ces leviers, on pouvoit en poussant l'un des boutons latéraux imprimer un mouvement brusque vers le haut qui renvoiera la boule de métal vers le haut du plateau où elle reprendroit sa course folle entre les champignons à grands coups de clochettes.

Certains joueurs très habiles, comme Monseigneur, arrivoient même à faire aller la boule d'un levier à l'autre avant de la relancer pour lui donner plus d'"effet".

Si par contre la boule tomboit entre les deux leviers, elle estoit irrémédiablement perdue, et finissoit dans le tiroir. Une partie se jouoit en cinq boules, qu'on avoit bienctôt faict de perdre.

Passons maintenant au fronton.

Même avant que Monsieur n'y colloit sa peinture légère (bien que, personnellement les tonalités utilisées par monsieur Poussin pour peindre les chairs me fesoient irrésistiblement penser à de la viande froide, mais bon, moi et l'art contemporain…), le fronton n'était pas vierge.

 Il estoit déjà percé de deux fenêtres rectangulaires où quatre rouleaux de faïence, ornés de chiffres qui défiloient.

C'est là ma plus grande fierté de meschanicien, plus encore que les champignons avec leurs volves à ressorts et leurs clochettes ou que la tirette et les leviers latéraux.

Pour ce faire Je m'estois directement inspiré de la machine à calculer que j'avais inventée pour mon père, la pascaline, autre invention coûteuse, inutile, et sans avenir qu,i a bien failli me ruiner, elle aussi.

Le mécanisme en estoit moins complexe, puisqu'il qu'il ne s'agissoit ici que d'addition. Chaque fois que dix unités avoient défilé sur la roulette de droite, cette roulette entrainoit le déplacement d'un cran de la roulette située immédiatement à sa gauche.

Non, la difficulté résidoit bien pluctôt dans le lien à establir entre le choc avec chaque champignon et l'ajout de poincts et la différentiation des poincts à accorder en fonction des champignons.

J'estois parvenu à ce petit miracle par des jeux de tirettes et de câbles métalliques extrêmement complexes aboutissant dans le corps du fronton à des engrenages plus ou ou moins démultipliés et mettant en prise ou débrayant, selon les circonstances du jeu les roulettes de ce que j'appelois mon "totalisateur".

Le réglage de ces tirettes, de ces câbles et de ces engrenages estoit extrêmement délicat et devoit se faire quotidiennement et sur place. Un déplacement de la machine, déjà fort lourde- il falloit bien qu'elle soit faite de chêne et solidement assemblée pour résister aux coups de boutoirs des joueurs - , aurait irrémédiablement détérioré ses mécanismes délicats.

Et ce fût bien là l'origine de ma perte.

 En effet j'avois dédié mon invention à Monsieur Frère du roi et l'avait nommé d'après lui, dans l'espoir, je le confesse (la confession n'a de toute façon aucune valeur ni intérêt chez les jansénistes puisque la Grâce est innée, elle ne me coûte donc pas cher) qu'il financerait de sa bourse, qu'on disoit bien pleine et généreuse, sa production et sa diffusion dans tous les *estaminets de France, moyennant force taxes et intéressement divers, bien sûr.*

J'avois en effet encore inventé une petite chose sans avenir la "tirelirette".

Il s'agissoit d'une fente où le client de l'estaminet glisseroit un sol. La pièce en tombant libéroit, par un système de contrepoids, les boules retenues prisonnières dans le tiroir en abaissant une trapette et en les mettant en contact avec la tirette.

Monsieur m'a fait ôter ce meschanisme " bon pour les masnants et les bourgeois " car il le gênait dans son jeu. J'aurois dû me méfier.

Monsieur de Philby que j'avais essayé de mettre de mon parti, vu ses relations étroites avec Monsieur, avait d'ailleurs trouvé ce "business plan" comme il l'appelait — quelle langue barbare décidément! - fort à son goût.

En effet l'affaire désastreuse des carrosses à cinq sols[7] (ils n'étaient pas assez grands, trop chers pour la populace et trop lents faute de voies réservées, maudite municipalité) puis celles des pascalines à 100 livres de coût de revient mais vendu cinquancte, m'avoient laissé fort démuni, malgré, ou à peut-êstre à cause de mon génie inventif.

Quant à l'invention de la brouette pas moyen d'en tirer un sol. Et pourtant quel progrès pour l'humanité. Tout le monde n'avoit pas la chance, comme Archimède, d'avoir des galères romaines à brûler avec des miroirs.

Mes espoirs ont été bien déçus.

Malgré cette dédicace quasi royale je ne pouvois amener la machine aux appartements de Monsieur. Sa mécanique si frasgile n'y auroit poinct résisté.

Monsieur avoit donc pris l'habitude de venir y jouer chez moi, une habitude qui estoit devenue très vite une addiction.

Toute la journée, ma modeste demeure était envahie de jeunes gens en dentelles et pourpoints de soie, les jeunes gens , bien mis , les gens de la suite de Monsieur, bruyants, lutinant mes servantes et m'a ti l semblé, mais je ne puis le croire, mes valets, vidant mon garde-manger et

---

[7] Pascal est à l'origine de la première tentative, désastreuse, de transports en commun à Paris .Comme quoi, on peut être un grand mathématicien et ne pas savoir additionner deux et deux ou calculer un point mort.

ma cave et surtout se livrant à des parties endiablées et sans fin de philippier à toute heure du jour et de la nuit et se traitant l'un l'autre de "ramollis de la volve" à chaque boule perdue.

Non contents d'envahir bruyamment et de livrer au pillage mon intérieur ces jeunes gens mal appris maltraitaient la pauvre meschanique, en la rudoyant, en la bourrant de coups, de face en boutoir, de côté, sur les poussoirs et en la soulevant même avant de la laisser retomber brutalement, tout cela pour éviter de faire tomber la boule (le "polichinelle" disaient-ils, de retour du théâtre des italiens) dans le tiroir.

Tous ces mouvements brutaux et intempestifs ne faisoient que dérégler le jeu délicat des tirettes, des câbles et des engrenages que j'avais si soigneusement disposés.

Tous les matins, après une nuit d'insomnie (tant le tintamarre arrosé de leurs parties nocturnes ne me laissaient point de repos) je devois passer des heures sous le philippier allongé sur le dos, alors que j'estois perclus de douleurs depuis l'enfance, à raccorder tel câble brisé, à rajuster telle tirette déplacée, à re-calibrer tel engrenage sorti de son logement, le tout à la lumière d'une chandelle vacillante.

"On ne voit plus que vos pieds" m'avoit dit plaisamment mon valet, me voyant couché sous la machine pour la réparer et il avoit ajouté "on dirait un charretier écrasé sous sa charrette" et il n'avoit pas tort -

Pire encore, quand leurs gesticulations ne parvenoient pas à faire aller la boule là où ils le vouloient, de rage, ils tapoient du poing sur le plateau de verre.

Vous savoies combien couste une plaque de verre ?

Il n'y a pas de manufacture en France capable de produire une plaque transparente de deux pieds sur trois[8], On ne sait faire ici que du papier huilé ou du verre opaque vert en cul de bouteille, assemblé en vitrail.

Je devois faire venir mes plaques de Venise et en plusieurs exemplaires encore, car à force de

---

[8] De fait il faudra attendre vingt ans de plus, la création de manufactures par Colbert pour fabriquer, entre autre, les miroirs de la Galerie des Glaces à Versailles, pour que ce transfert de technologie s'effectue enfin. Pascal était une fois de plus en avance sur son temps, mais cette fois pas de beaucoup.

tempêter sur les vitres, ces joueurs enragés finissoient par les briser. Par me les briser même, puisque je payois tout de ma bourse.

En effet Monsieur faisoit la sourde oreille à toutes mes demandes de soutien.

Et quand j'eus enfin le courage d'aborder de front le sujet avec lui "il m'avait répondu ceci : " J'ai bien réfléchi ,c'est non et trois fois non !, comment ! vous voulez donner à la populace un jeu de noble, que dis-je de princes voire de rois, c'est hors de question mon bon blaise ! Au contraire, heureusement qu'il n'y a qu'un seul exemplaire, je ne voudrais même pas le partager avec la cour!   Déjà mes compagnons sont presque de trop !, croyez m'en, construisez un chez moi et installez-vous à demeure pour l'entretenir, je vous ferai donner une bonne pension pour cela, ce sera bien plus raisonnable, pour vous, comme pour moi ".

Je me mis à fuir à mon tour sa proposition et ce faisant me le mis à dos "et cela ce n'est jamais bon" m'avait dit en ricanant sibyllinement un des gentilhommes de sa suite, un de ceux qui avaient brisé la glace.

Mais partir de chez moi, devenir un valet, fut-ce d'un prince de sang, pire encore devenir l'esclave de cette maudite machine, tout cela était tout bonnement hors de question.

Ajoutez à cela que c'était contraire à mon éthique profonde car dans la version finale de mes "Pensées" j'ai abouti à cette vérité définitive et axiomatique: à la triple question philosophique éternelle "qui suis-je ? D'où viens je ? et où vais-je ?" je réponds "je suis moi, je viens de chez moi et j'y retourne ". Ainsi donc il était hors de question de quitter mon chez moi et mes activités autres que celles que cet envahissant philippier.

Pire encore, j'entendais dire que le Roi lui-même s'irritait de voir son frère abandonner ses devoirs à la cour et aux armées pour ce jeu maudit et m'en rendait directement responsable.

Des mauvaises langues se sont empressées de me qu'il aurait dict en public "Mon frère feroit mieux de chasser ou de guerroyer que de perdre son temps à titiller des clochettes et tout cela par la faute de monsieur Pascal, On me dit qu'il est fort sçavant moi je n'y vois qu'un tenancier de bouge"

On a beau dire, ce qui a fasché le Roi après moi, c'est le philippier, pas ces petites querelles de curés avec les jansénistes, mais comme la mémoire du philippier s'est effacée…

Bref, au bout de six mois de ce traitement et de deux de faux—semblants et devant l'irritation croissante du Roi, j'ai décidé de frapper un grand coup, littéralement.

A la suite d'une soirée particulièrement arrosée, la vitre du philippier a, une fois de plus, été brisée. Je ne sçais pas ce qu'ils avoient faict sur la vitre, mais elle estoit une fois de plus défoncée, mais d'une manière inhabituelle, comme si on s'était assis sur elle.

J'ai alors prétexté d'une pénurie de vitres, due à un retard de livraison en provenance de Venise, le Rhône étant gelé et de l'occasion d'une révision générale de la machine pour bouter Monsieur et sa bande de jeunes gens hors de chez moi pour une semaine.

J'ai alors modifié le tiroir, de telle sorte que les boules de métal passent directement du plateau à la tirette. J'ai aussi monté un système de ressorts très puissants au derrière du tiroir, seulement retenu par une mince chevillette. J'ai appelé ce mécanisme ingénieux le tilte, du verbe grec "tiltein", "estomaquer".

L'idée estoit que si la machine estoit brutalisée par un jeu trop " dur ", la chevillette céderoit, déclenchant le tilt c'est-à-dire le jaillissement du tiroir, expulsé brutalement par les ressorts dans le ventre du joueur collé à la machine, calmant ses ardeurs d'une manière radicale.

Ce n'était pas une riche idée. Malgré mes objurgations, Monsieur a tenu à être le premier à rejouer à la maschine. Frustré pendant une semaine de son jeu favori il a naturellement joué comme une brute. Et il a naturellement déclenché le mécanisme.

Mais j'avais peut être mal calculé la force des ressorts .

Il a tenu la chambre quinze jours. Au début les médecins désespérait de son état .

On m'a dit qu'il m'en voulait encore. Je ne le sais qu'indirectement car je ne l'ai pas revu. On m'a dit aussi qu'il en a eu le caractère tout chamboulé. Mais ce sont là sûrement des médisances.

En parlant de médisances, madame de Sévigné et monsieur le duc de Saint Simon ont été priés de ne piper mot de l'incident, l'une dans sa correspondance, l'autre dans ses mémoires.

Le Roi m'a envoyé monsieur de Sartines, son lieutenant général de police, pour me faire dire que je ferai bien de me retirer sur mes terres du côté de Clermont Ferrand et de faire disparaître à jamais la maudite machine.

Si je suis effectivement allé m'enterrer en pro,vince où l'on est toujours mieux qu'à la Bastille, je n'ai pu me résoudre à détruire la machine qui est mon chef d'oeuvre. Je l'ai donc habilement déguisée et dissimulée puis ai cousu cette notice dans mes habits à gauche, à côté d'une autre notice à droite, de nature mystique, histoire d'égarer les soupçons. Comprend qui peut."

DE LA SALADE SUR LES DENTS DE LA JOCONDE

25.

Museum d'histoire naturelle

(Paris)

~ 123 ~

à la manière d'Yves Coppens

Yves Copains-Dézos

l'homme, une impasse évolutive ?

A X…, charmante aberration évolutive qui a illuminé mes sinistres nuits d'astreinte au muséum.

"L'histoire de l'évolution est toujours représentée comme une courbe linéaire ascendante allant du simple au complexe, du végétal a l'animal de l'unicellulaire au multi-cellulaire, des invertébrés aux vertébrés, des reptiles aux mammifères, avec l'homme trônant tout en haut, et de manière indéboulonnable, au sommet de cette chaîne évolutive.

C'est une vision simplificatrice, naïve et, pour tout dire, débile et grotesque, du processus qu'est l'évolution.

Je dis bien du processus car ce n'est qu'un processus, un moyen, pas une fin.

Cette conception linéaire et ascendante de l'évolution suppose une fin, au sens philosophique, ou au moins un but.

Elle identifie la complexification à la perfection.

C'est déjà la thèse de la Genèse où Dieu, jour après jour, crée des choses puis des organismes de plus en plus sophistiqués et pour finir l'homme, quasi parfait, puisqu'à son image, ou dans le cas de la femme, l'image de sa côtelette, une côtelette néanmoins parfaite.

Bien grasse et bien viandue.

On peut s'étonner que le darwinisme ait encore du mal à s'imposer dans la Bible Belt du sud et le Middle West car dans sa version scientiste basique, Il ne change pas fondamentalement le tableau dressé par la bible.

Certes, il nie le créationnisme instantané et le fixisme des espèces, mais il est parfaitement compatible avec une lecture allégorique de la genèse où le mot "jour" est entendu comme une ère géologique.

De même, la théorie du big bang, d'ailleurs imaginée par un religieux, le chanoine Lemoine, avant d'être confirmée expérimentalement, au grand dam d'Einstein, est également compatible avec une lecture allégorique de la Genèse et avec la vision biblique de la création.

Il semble que le coup de cymbale sublime de "la Création" de Haydn ait vraiment retenti.

Alors en serait-il de même pour l'evolution?

Certainement pas!

Comme je le disais plus haut, croire que l'évolution tend vers la perfection et s'identifie à la complexité est une vision imbécile et pour tout dire, biaisée par des préjugés religieux, du darwinisme.

C'est aussi une vision hegeliano-marxiste d'une marche continue vers le progrès, les mutations et extinctions prenant la place de la dialectique et la perfection humaine la place de la dictature du prolétariat.

La nature est à conquérir et à dominer, nous renverserons donc le cours des fleuves sibériens à coup de bagnards et feront pousser des oranges sous le cercle arctique. Lyssenko nous voilà!

Foutaises et, qui plus est, foutaises criminelles. Tout comme d'ailleurs le "darwinisme social".

Pauvre Karl et pauvre Charles que de crimes n'a-t-on pas commis en vos noms.

Mais passe encore que les hébreux, des nomades tout juste sédentarisés de l'âge du bronze, et même des scientistes du XIXème siècle, des sédentaires tout juste déchristianisés, aient pu croire cela.

Mais Darwin, le vrai Darwin, celui que personne ne lit jamais vraiment, a fait définitivement table rase de ces imbécilités téléologiques et eschatologiques : rien n'a de sens, rien n'a de but, il n'y a pas de dessein, pas de plan pré-établi, pas de grand Architecte.

Il n'y a que le désordre et le hasard , qui la plupart du temps dysfonctionnent totalement.

Darwin n'a jamais parlé de progrès et de perfection.

Il était bien trop intelligent et avait bien trop vécu pour cela.

Tout ce qu'il dit, c'est que pour des raisons qui lui restent obscures (et qui nous sont encore obscures un siècle et demi plus tard) des mutations se produisent.

Des mutations totalement désordonnées. La plupart ne donnent rien ou s'avèrent être un handicap éliminatoire.

Quelques-unes profitent à leur porteur et c'est comme ça que le colibri des Galapagos développe un bec d'une taille inhabituelle qui lui permettra d'aller tout au fond de la corolle de l'orchidée et non simplement de lui titiller le pistil, d'où l'élimination de ses concurrents colibris moins bien dotés.

Mais que disparaisse l'orchidée et le colibri a long bec devient une curiosité dépassée et destinée à disparaître à son tour à brève échéance.

Nulle part, Darwin n'écrit que ce colibri à long bec est la perfection du colibri, le colibri ultime.

Ce serait un peu comme écrire que Rocco était le surhomme nietzschéen, l'aboutissement ultime de la civilisation humaine de Lascaux à Picasso en passant par Praxitèle.

Sa dotation exceptionnelle en fait simplement l'individu le mieux adapté à son écosystème particulier, les plateaux de tournage budapestois. Il est vrai que, lui, n'est pas menacé de voir s'éteindre les fleurs qu'il butine sur toutes leurs faces.

Darwin n'a pas eu connaissance, ou du moins une connaissance scientifique, des extinctions d'espèces qui ont, à six reprises[9] décimé la planète. Tout au plus a t'il été confronté aux vestiges alors mystérieux de la dernière de ces extinctions, celle des dinosaures, il y a soixante-cinq milions d'années.

Mais ces extinctions confirment justement sa théorie, puisqu'elles détruisent à chaque fois le sommet de la chaîne alimentaire du moment.

Les océans étaient entièrement peuplés de trilobites, les rocco de l'époque, comme leur nom l'indique, la belle affaire! Il n'en reste plus un seul...

Même chose pour les ammonites dont les coquilles, au moins, subsistent comme fossiles dans le calcaire.

Nous, humains, qui ne sommes qu'une accumulation de parties molles, oui même Rocco, n'aurons pas cet honneur.

Les espèces ainsi éteintes dominaient leur biotope comme nous dominons le nôtre et duraient souvent depuis bien plus longtemps que nous.

De plus elles étaient, d'une certaine façon, mieux adaptées que nous, j'y reviendrai.

La dernière extinction en date, celle des dinosaures, il y a soixante-cinq millions d'années, la seule que le grand public connaisse, a dégagé une niche écologique providentielle pour les mammifères.

A l'époque les mammifères étaient de petite taille et peu différenciés et pour tout dire ressemblaient tous, peu ou prou, à des gros rats ou des cochons d'inde.

---

[9] A la fin du cambrien moins 500 millions d'années, la fin de l'ordovicien moins 440 millions, la fin du devonien moins 365 millions d'années, la fin du permien moins 250 millions, la fin du trias moins 200 millions et la fin du Crétacé moins 65 millions d'années.

Que nous le voulions ou non, nous descendons tous d'un rat et ce rat était de bien basse extraction: il était tout en bas de la chaîne alimentaire quand le météore a frappé le Yucatan et exterminé les seigneurs d'alors, les T-rex, les triceratops et autres diplodocus.

C'est un peu comme si les blattes et cafards prenaient la place des humains.

Cela arrivera d'ailleurs et j'y reviendrai.

Peu importe, me direz-vous, puisque nous sommes effectivement au sommet de la chaîne évolutive, comme Jacouille devenu Jacquart peut regarder de haut désormais l'aristocrate qui lui a vendu le château familial pour en faire un relais et chateaux.

Certes, mais, mortecouille, cela est bien présomptueux.

 Nous sommes bien au sommet de cette chaîne alimentaire jusqu'à la prochaine extinction, qui ne se produira vraisemblablement pas avant des milllions d'années.

Mais notre soi-disant règne pourrait être bien plus court.

Si nous continuons à surexploiter la planète et à accumuler des armes nucléaires, bactériologiques et chimiques aux mains de dirigeants très inégalement éclairés, nous pourrons ne pas survivre en tant qu'espèce au-delà de quelques dizaines ou quelques centaines d'années.

Mais, là encore, d'une certaine façon ,peu importe. Ce n'est pas mon propos.

Je n'écris pas cet article pour philosopher sur le destin fragile de l'espèce humaine qui a trop abusé de sa mère Gaïa.

Je n'en ai ni l'envie, ni la compétence ni même l'intérêt.

Personnellement la perspective d'un conflit nucléaire, même proche, m'indiffère totalement.

Elle me réjouirait presque.

 C'est ce que j'appelle "l'effet Folamour".

En Effet, le muséum est doté de vaste réserves souterraines qu'un directeur prévoyant a fait construire aux normes anti-atomiques, pour sauver les collections.

 Pas les gens, évidemment.

Et les laborantines et les thésardes qui s'y affairent sont plus accortes, que leurs blouses blanches, leurs chignons et leurs lunetttes ,ne le laisseraient accroire.

 Oui, les nouveaux Adam et Eve qui repeupleront la terre, à supposer qu'elle soit encore vivable après le cataclysme, pourraient bien être une bande de binoclards en blouse blanche.

Hélas des galonnés survivront aussi rue saint Dominique et dans le futur Bouygues French Pentagon de Balard, et la suite est facile à prévoir.

Tout recommencera comme avant, et en pire.

DE LA SALADE SUR LES DENTS DE LA JOCONDE

26.

Musée d'histoire de Marseille

(Marseille)

27.

Et grotte "51"

(Gravelouze les Pins)

A la manière

d'André Leroy-Gourhan

DE LA SALADE SUR LES DENTS DE LA JOCONDE

"Tribune libre: La grotte 51: enivrante découverte archéologique ou ignoble pastaga local ?

Pour un grand projet muséal structurant dans les quartiers nord de Marseille"

Une tribune libre du professeur Lagrande-Gourance

Les circonstances rocambolesques de la découverte du "légionnaire aux semelles de béton", comme l'a appelé la presse, ont quelque peu éclipsé la découverte concomitante de la grotte sous-marine 51.

 Et c'est d'une certaine manière heureux.

Cela nous a permis de prendre les mesures de conservation provisoire essentielles-

Il est temps de révéler au grand public la teneur des découvertes archéologiques majeures qui y ont été faites.

 Et ce, d'autant plus que la polémique fait rage sur l'avenir du site et des objets inventoriés : grand parc sous-marin *in situ* ou transfert dans un aquarium placé dans un grand musée des arts traditions populaires marseillais à créer dans les quartiers Nord dans le cadre d'un grand projet culturel structurant de revitalisation urbaine ?

Je milite pour ma part pour la seconde option, défendue par la région et l'Etat contre la communauté urbaine et le département.

 Non que j'appartienne à l'un ou l'autre camp, n'ayant ni d'enfants, ni d'épouse ni de cousins chargés de mission ou membre de commission d'attribution des marchés publics dans une de ces collectivités, mais uniquement par souci de préserver le site et de mettre à la portée de tous les découvertes merveilleuses qui y ont été faites.

La calanque de la Cougourde, à proximité immédiate de Cassis, a la particularité unique d'être accessible par une route qui se termine en cul de sac, directement à l'aplomb d'une falaise ,celle du cap de la Calache.

Pythéas est le premier auteur à en faire mention, dans une comparaison, un peu osée, avec le cap Lizzard en Cornouailles.

Il semble que, de tout temps, les massiliotes puis les marseillais aient été attirés par cet endroit.

L'endroit est cependant resté l'apanage d'un petit nombre d'initiés en provenance des docks, du quartier du panier fleuri puis, après la destruction de celui-ci, des quartiers nord et de grande banlieue de Marseille.

C'est l'implantation d'un mouchard électronique dans le gros 4X4 allemand d'un jeune détaillant de produits de chimie fine artisanale qui a permis aux policiers puis aux journalistes et donc au grand public de découvrir l'endroit et ses richesses cachées.

Surpris de voir leur écho GPS correspondre soudain à un point en me,r les policiers ont eu la curiosité d'envoyer des plongeurs.

Ceux-ci ont découvert un véritable salon sous-marin du 4X 4 où les range rover et les Cayenne le disputaient aux X5 et aux Q 9 ainsi qu'aux Pajero et aux outlander de plus menu fretin.

Si l'identification par les plaques d'immatriculation n'a pas donné grand-chose, les numéro étant presque tous faux, les modèles immergés avaient tous moins de deux ans, témoins d'un regain récent de popularité de l'endroit.

Les policiers n'ont guère de mal à identifier le conducteur du véhicule qu'ils avaient piégé et la ou plutôt les causes de son décès (il avait la gorge tranchée, deux balles dans la tête et les poumons plein d 'eau).

Ils ont eu plus de mal en revanche à identifier les conducteurs des autres véhicules.

L'amoncellement des épaves rendait difficile leur désincarcération et l'eau et les prédateurs marins ayant fait leur office, la plupart d'entre eux n'étaient plus reconnaissables.

Comme les modèles correspondaient à des véhicules récemment volés et que les conducteurs semblaient tous plus ou moins spécialisés dans la même branche, la police a organisé un défilé ininterrompu et sous-marin des propriétaires de véhicules volés et de complices présumés pour essayer, autant que possible, de faire sens de ce magma .
 La presse a fait ses choux gras des difficultés respiratoires du jeune juge d'instruction asthmatique, confronté pour la première fois à des bouteilles de plongée.

Idem pour les efforts surhumains déployés par le commissaire divisionnaire Pantallaci, 1mètre soixante, cent-vingt kilos, pour enfiler sa combinaison d'homme-grenouill,e et pour la joie de ces jeunes apprentis plongeurs menottés mais joyeux qui découvraient là un nouveau loisir.

C'est à l'occasion d'une tentative d'évasion d'un de ces jeunes apprentis plongeurs menottés dans le dos, que le plongeur de la police qui le poursuivait est tombé nez à nez avec le squelette d'un légionnaire romain casqué et cuirassé émergent d'un bloc de béton.

On sait que les romains avaient trouvé la formule d'un béton hydrofuge, à base de cendres volcaniques, les pouzzolanes, dont ils se servaient pour leurs travaux portuaires et d'adduction d'eau.

Le policier plongeur avait évité le squelette d'un coup de palmes habile pour finalement coincer sa proie menottée sous une anfractuosité rocheuse abritant un tunnel remontant.

Après une arrestation agitée (le policier avait dû pincer le tuyau d'arrivée du détendeur) et une remontée mouvementée (le jeune homme, pourtant dans la force de l'âge avait légèrement bleui), le policer avait signalé ses deux découvertes, le légionnaire et la grotte, à ses collègues plongeurs.

Le légionnaire avait d'abord occupé tous les esprits et monopolisé les unes.

C'était une découverte fantastique, équivalente à celle des cadavres de condamnés d'époque viking, retrouvsé entiers dans des tourbières au Danemark ou à celle d'Otzie dans les alpes italo-autrichiennes.

On spécule encore sur les raisons qui ont mené ce légionnaire ici: dettes de jeux de dés ? punition disciplinaire ? ou vengeance des partisans de César contre ceux de Pompée dont Massilia avait pris le parti ?

Tout ce qu'on sait, c'est que, d'après ses insignes, il appartenait à une légion cantonnée en Corse.

Il marine encore aujourd'hui à l'institut médico-légal dans un aquarium de forme verticale, où les scientifiques essaient de faire parler son uniforme et ses os.

Mais la question de son emplacement définitif se pose déjà, les communes riveraines, sous prétexte d'intégrité archéologique, réclamant sa ré-immersion pour en faire l'une des attractions de ce fameux projet de parc sous-marin.

Dont elles organiseraient bien sur le tourisme.

Car le légionnaire et les 4 X4 allemands et japonais n'étaient pas seuls, et ce fond de mer s'est avéré décidément très riche en vestiges-

Quand la vingtaine de véhicules a finalement été identifiée, la ronde des plongeurs s'est interrompue et une grue du port, montée sur barge, est venue récupérer les épaves en les treuillant.

 Elles sont aujourd'hui sous scellés dans un hangar des anciens chantiers de réparation navale, laissé à l'abandon après faillite.

A la grande surprise des plongeurs qui procédaient sous la surface l'accrochage des filins de levage, une seconde couche de véhicules, bien plus ancienne, est apparue.

On y a dénombré une Cadillac des années soixante, une deux cent trois, un half-track américain, une Kubelwagen, deux tractions avant une Chenard et Walker et, clou de cette singulière collection, une Hispano-Suiza, toutes criblées de balles.

 Bref un véritable cimetière marin qui n'aurait pas manqué d'inspirer quelques mauvais vers à Paul Valéry, si il l'avait connu.

Des conducteurs et de leurs passagers, il ne restait que des squelettes.

Certains portaient encore leur borsalinos.

Tant qu'on y était les véhicules d'époque ont été également grutés et stockés dans le même hangar, mais cette fois sous la garde de la direction régionale des antiquités sous-marines.

Ce n'est qu'ensuite qu'on s'est intéressé à la grotte, numérotée 51, parce que c'était la cinquante et une grotte sous-marine signalée à la direction des antiquités.

Il s'est avéré très vite que, comme la grotte Cosquer, distante d'à peine quelques kilomètres, elle contenait des vestiges préhistoriques dont on n'avait jamais encore vu l'équivalent jusque-là.

D'abord la grotte 51 montre que l'art préhistorique ne se résumait pas, comme on le croyait jusqu'ici, à des représentations réalistes ou stylisées, mais qu'il pouvait atteindre le niveau du symbole, voire de l'abstraction.

En témoigne la frise continue qui parcourt les parois *grosso modo* ovales de la grande salle et qui fait alterner deux symboles : d'une part un cercle parfait d'autre part trois lignes brisées réunies en une sorte de W inversé .

Que peuvent bien représenter ces symboles : la perfection (le cercle) et l'imperfection (les lignes brisées)? , le soleil et l'horizon, ? puisqu'on pourrait y voir un symbole de la chaine de petite montagne côtière du golfe du lion, ou encore le féminin et le masculin ? le jour et la nuit ? le yin et le yang ? qui sait ?

La seconde découverte majeure faite dans la grotte est ce petit éperon rocheux se dressant à 45 degrés au fond de la grotte.

Il mesure environ 15 centimètres de long, trois de diamètre-

 Son bout est arrondi et comme poli par le frottement, comme le sont ses flancs.

A sa base deux petites cupules de la taille approximative d'une noisette ont été taillées dans la roche et sont reliées entre elles et recouvertes elles-mêmes par une série de stries faisant apparaître la roche comme une suite de petites ridules, de petits plis délicats.

Au pied de cet éperon ont été disposées ,en arc de cercle, six mâchoires humaines selon un schéma déjà rencontre dans la grotte Chauvet, avec un crâne d'ours posé sur un éperon rocheux et ntoure à terre par six autres crânes d'ours en demi-cercle.

A quel rituel le shaman ou la shamanesse livraient ils devant cet étrange arrangement? Rituel de fécondité? Rituel de chasse ? Rituel funéraire?,

Qu'aurait pensé le bon abbé Breuil, auteur du la théorie du rituel de possession shamanique, s'il avait été encore de ce monde ?

 La grotte contenait aussi une multitude (soixante-neuf très exactement) de mains représentées sur les parois soit en négatif au pochoir, soit en positif.

Ce qui est curieux et unique c'est leur forme : tous les doigts apparaissent coupés ou repliés sauf le majeur.

la grotte contient aussi de multiples représentations d'animaux et d'êtres humains stylisés et de créatures fantastiques mêlant éléments humains et animaux, là encore comme dans les grottes Chauvet et Cosquer.

Mais ce qui différencie ces représentations c'est leur aspect fantaisiste on serait tenté de dire humoristique, pris sur le vif, en tout cas.

On se croirait, toutes proportions gardées bien sûr, chez Jérôme Bosch mais un Jérôme Bosch qui n'aurait eu que du charbon, de l'ocre et quelques aspérités à sa disposition .

Ici un singe, probablement un macaque, s'administre une auto-fellation sous l'oeil rond et intéressé d'un rhinocéros à poil laineux, là un mérou s'étonne, bouche bée.

 Là encore une souris prête à bondir semble vouloir s'attaquer à un éléphant malgré la disproportion des tailles.

 Ailleurs un shaman ou une shamanesse stylisé(e) apparaît coiffé(e) d'un bonnet étrangement familier compose de deux oreilles d'éléphants nains.

 Ailleurs encore, une scène d'une vivacité extraordinaire-

 Le shaman, car cette fois il n'y a pas de doute qu'il s'agit du sorcier masculin, semble se livrer derrière une peau en forme de muleta à un périlleux rituel de possession cynégétique sur un auroch, auquel s'agrippe pour l'agenouiller une bonne moitié de la tribu.

Non, on n'en finirait pas de décrire ces merveilles qui ne sont d'ailleurs pas encore toutes inventoriées.

Les datations au carbone 14 des gravures et du foyer, j'y reviendrai, ont donné une date d'environ 23.000 ans avant Jésus Christ avec une période d'occupation épisodique d'environ 400 ans.

C'est plus tôt que les grottes ornées les plus anciennes.

Cosquer n'a été occupée qu'à partir du gravettien. soit il y a 21.000 ans et le style déjà quasi baroque et en tout cas fantaisiste et fantastique des gravures rupestres de la grotte 51 amène à réviser complètement la chronologie de l'art pariétal, avec l'addition d'une période que mes collègues voulaient appeler d'après mon nom, le "gourancien", mais que j'ai tenu par modestie, et par respect de l'usage, à nommer d'après le village le plus proche en l'occurrence la commune de Gravelouze les Pins.

Nous avons donc des gravures et des peintures d'époque pino-gravelouzienne.

Le grand réalisateur Werner Bigzog va d'ailleurs les filmer avec une Zuus-Leikon, cette caméra 3D particulièrement mobile et dont la petite taille et la maniabilité permette la réalisation de plans d'une géometrie inédite, une caméra très utilisée dans les studios de Budapest et de Prague pour des films artisanaux, mais 3D eux aussi, et à succès.

Mais la dernière merveille de la grotte n'a pas été découverte d'emblée mais bien plus tard grâce à deux sciences auxiliaires de l'archéologie: la pollinographie et l'ostéographie.

Elles ont permis de découvrir les premier pas d'un grand art, non pas l'art pariétal, cette fois, mais l'art gastronomique.

La grotte comportait en effet un véritable dépotoir d'os d'un bon mètre cube, os tous brisés pour en extraire la moelle.

 L'étude de ces os a révélé qu'ils provenaient d'êtres humains ,comme les mâchoires à la base de l'éperon rocheux.

N'allez pas croire nécessairement que nos ancêtres pratiquaient le sacrifice humain à grande échelle, il peut s'agir d'un rite funéraire.

Certes, dans le lot, il n'y a aucun ossement d'individus de plus de vingt-cinq ans, mais c'était un âge de vieillard à l'époque.

L'analyse des impuretés déposées sur la surface des os et celle des cendres du foyer se sont avérées encore plus intéressantes.

Il en ressort ,que les os étaient assaisonnés, avant consommation d'un mélange de thym, romarin, laurier, sarriette et marjolaine ce que nous appellerions aujourd'hui des herbes de Provence.

Des gousses d'ail de grosse taille étaient aussi cuites sous la cendre, en chemise dirait-on aujourd'hui, en peau de bête devaient ils dire, probablement comme légume d'accompagnement.

Ainsi l'homme préhistorique du pino-gravelouzien avait-il sans doute une haleine de chacal, mais sa compagne également, ce qui devait compenser.

Plus incroyable encore, une dépression naturelle de la grotte apparemment utilisée comme citerne a révélé la présence de graines de badiane, d'anis et de carvi écrasées et des traces de fermentation de ces plantes.

N'est-ce pas absolument fascinant?

Il faut, bien sûr, mettre ces richesses à la disposition du grand public et pas de quelques plongeurs privilégiés d'un douteux safari sous-marin, qui s'achèverait dans la grotte en apothéose.

D'ailleurs celle-ci est trop fragile pour supporter l'apport de gaz carbonique que générerait la visite des plongeurs.

Non, il faut en construire une grande réplique comme on l'a fait à Lascaux et comme on va le faire pour la grotte Chauvet.

Et il faut placer cette réplique dans un grand musée des arts et traditions populaires marseillais dont les pino gravelouziens sont, après tout, les premiers ancêtres connus.

Au légionnaire aux semelles de béton en attraction principale et à la collection d'automobiles historiques pourrait s'ajouter certaines pièces des collections du musée historique de Marseille dont de nombreux trésors ne sont pas exposés, faute d'espace.

J'ai eu le privilège de visiter les réserves de ce musée avec son conservateur en chef, monsieur Marius Pignol et son adjointe mademoiselle Olive Popeille.

J'y ai vu des pièces exceptionnelles.

Entre autres :

- des ostraka, ces tessons de terre cuite sur lesquels le peuple écrivait le nom des notables qu'ils voulaient bannir, témoins d'une vie municipale déjà très animée dès la période grecque (cette pratique serait aujourd'hui impossible même si elle était institutionnellement permise, du fait de l'illettrisme), -

- un très gros morceau d'ambre ramené, dit-on, par Pythéas de son expédition et qui avait, à peu près, la forme d'un poing américain,

- des masques de médecins en forme de bec de corbeau datant de la dernière épidémie de peste en 1720,

- les premières pipes à opium jamais vues en France, souvenirs de l'expédition de l'amiral Courbet en Indochine en 1857,

- des chancres mous d'une taille exceptionnelle conservés dans du formol et prélevés sur des soldats de l'armée d'orient lors de son retour en 1918,

- des bandes de videé-surveillance montrant des arbitres de foot internationaux en petite tenue et en galante compagnie

- ainsi que la perruque brushée de Bernard Tapie et

- l'œil de verre de Jean Marie Le Pen reste d'une pugilat hors antenne après un débat télévisée (don des archives de FR3 PACA via l'INA- le conservateur m'a indiqué qu'on pouvait trouver, en principe , une autre copie de bandes de vidéo -surveillance aux archives des pièces à conviction de la police judiciaire rue de l'évêché, collection que l'on pouvait visiter sur demande, mais dont l'inventaire laissait beaucoup à désirer surtout aux sections armes lourdes et plantes tropicales transformées),

- le borsalino de Carbone,

- la baignoire préférée de Spirito,

- le rond à bière personnel de Francis le belge,

- un code des marchés publics annoté manuscritement et ayant appartenant à la bibliothèque de la prison des Baumettes et sa fiche d'emprunt (il était fréquemment demandé par les détenus ayant entrepris des études de droit en vue de leur réinsertion),

- une très belle collection de pieds de biches et de gourmettes de l'antiquité à nos jours,

-une autre de pots de colle, de barres de fer et d'affiches semi-collées, déchirées et sur-encollées qu'on croirait sorties tout droit de l'atelier d'Ernest Pignon Ernest,

- un bureau d'acajou au plateau strié de coups de haches (don de la direction du Port Autonome de Marseille),

- des séries de photos sépias des années dix, vingt et trente du siècle dernier de groupe de jeunes femmes sur le pont d'un bateau sous la conduite d'un homme portant avantageusement le costume rayé et guêtres,

- une collection de fresques d'un style qu'on a peine, malgré leur facture, à qualifier de naï,f vu leur sujet, qui ornaient des commerces que l'après-guerre a condamnés à la clandestinité ainsi qu'une non moins pittoresque collection de leurs tarifs détaillés,

- un laboratoire portatif de chimiste typique des années soixante-dix, complet, avec paillasse, serpentin, cornue et bec bunsen,

- une collection d'armes automatiques lourdes et semi-lourdes d'origine diverse,

- une urne récente encore bourrée de bulletins repêchée lors de travaux de dragage du vieux port,

-un organigramme de l'administration du conseil général avec les premiers seconds et troisièmes prénoms de façon à distinguer les chargés de mission apparentés, des listes similaires pour la mairie, la Communauté de communes et la région,

- des attachés cases dont le format est un multiple de billets de 500 Euros. (Comme au Japon la surface des pièces se mesure au nombre de tatamis qu'elles peuvent contenir - don de l'association amicale des concessionnaires des collectivités publiques)

- un Priape ityphalle en forme de trépied du IIIème siècle avant Jésus christ en bronze, exhumé lors de la destruction du quartier du panier fleuri (et retrouvé, avec le reste de la collection Goering, dans une mine de sel de Prusse orientale),

 J'en passe et des meilleures.

Avec tout cela nous avons tous les éléments pour un grand pôle culturel susceptible d'attirer de nombreux touristes.

Après tout qu'était Bilbao avant que messieurs Guggenheim et Gehry n'interviennent : une ville industrielle sinistrée et pourrissante, façon Liverpool bourrée de jeunes terroristes potentiels désoeuvrés, façon Belfast.

Rien n'est irrémédiable, même à Marseille.

 Du moins je veux le croire.

Signe Maurice Lagrande Gourance

28.

Grand palais

(Paris)

Et

29.

Fondation Pinault
Punta della Dogana

(Venise)

À la manière de
Michel houellebecq

DE LA SALADE SUR LES DENTS DE LA JOCONDE

Michel Houelleboucq

"La carte de France sur le drap"

(D'après, vaguement "la carte et le territoire" de Michel Houellebecq)

 les personnages: Zeb, artiste peintre en vogue, Monica journaliste free-lance, le père de Zeb, son galeriste, Michel houelleboucq lui-même, un avocat et quelques SDF

le pitch:
Zeb, artiste peintre en vogue et en mal d'inspiration rencontre Monica journaliste free-lance. Après une brève liaison, il découvre quelques mois plus tard qu'elle écrivait en fait un livre sur les performances sexuelles des artistes. Avec Michel Houelleboucq, Il refuse de s'associer à la plainte en diffamation.

Toute l'oeuvre de Michel Houelleboucq jusqu'à présent semble marquée par l'antienne qu'll a entendu de la maternelle a la terminale:

 "- où est le bouc ?".

"Dans ton cul!!!" repris en choeur par une classe entière au point qu'il l'a inscrite en frontispice de son premier grand succès "les testicules alimentaires".

Même si ce harcèlement a cessé, avec les études supérieures puis la vie professionnelle, grâce au vernis d'hypocrisie que la vie sociale entre adultes apporte, Michel Houelleboucq, à quarante ans passés, semble encore tenter d'exorciser, par une sorte de catharsis répétée, cette sodomie virtuelle et pourtant active.

En témoignent les autres titres de sa bibliographie : "extension du domaine de la turlutte", "plates formes" , "dans ta grotte", "la possibilité d'un slip", "le sens du con bas" "rester tendu et autres textes" . Il en va de même de ses oeuvres à quatre mains :"sévices pubiques" avec Bernard Thibaud et "dindes farcies" avec Maïthé.

Pourtant chez Houelleboucq le sexe, omniprésent, n'est ni jouissance, ni gaudriole.

Il est misère et frustration.

Incomplétude et désespoir.

Mise à nu de l'âme et absence de rédemption.

Et c'est cette humanité profonde, comme ecartelée en son milieu, qui fait, sans aucun doute, de Michel Houelleboucq l'un des plus grands écrivains de langue française vivant, en parfaite résonance avec son époque sinistre.

« La première exposition individuelle de Zeb n'avait rencontre qu'un succès d'estime.

Pour tout dire, il n'avait pratiquement rien vendu.

Pourtant Il avait eu quelques bonnes critiques pour son "aujourd'hui vu par le Greco".

Et ces bonnes critiques étaient justifiées.

Sous son pinceau les barres de La Courneuve allongées et brunies prenaient des airs de Tolède et la tête de son boucher engoncée dans son tablier à carreau, le crayon sur l'oreille et la main crispée son couteau à découper l'allure émaciée et impérieuse d'un grand d'Espagne attendant tête nue le passage de Philippe II.

Tu vois coco..."

Son galeriste avait l'habitude d'appeler tout le monde "Coco", Il pensait que cela faisait "arty", et cela suscitait chez Zeb, qui était un tantinet psychorigide, une réaction mécanique "je ne m'appelles pas coco, je m'appelle Zeb"

"- Oui,c'est ça coco, donc tu vois ton truc du Greco là c'est gentil, mais c'est pas vendeur.

Aujourd'hui les critiques d'art sont devenus tellement illettrés qu'Il n'y en a pas un sur deux qui sait que le Greco était bigleux et voyait tout de travers et que, c'est ça, et pas un mysticisme de mes deux, qui explique ses figures allongées et ses couleurs sombres.

Quant au public, en tout cas aux acheteurs, je ne t'en parle même pas coco.

Je comprends que tu veuilles faire dans le classique, après tout, Cézanne lui aussi copiait les maîtres au Louvre, mais pour faire un truc comme ça coco, il faudrait que tu aies déjà un nom.

 Regardes Bacon, son remake en boucle du portrait de Paul III par Véronèse, il a attendu son premier million de dollars avant de l'imposer à la critique, et tout le monde a crié au génie.

Bon un million de dollars, rien qu'avec de la barbouille, c'était effectivement un génie, tandis que, toi, du train où tu es parti tu seras mort, pinceau a la main, avant d'avoir atteint 100.000 et encore, en comptant les intérêts composés.

Hein, qui c'est qui va me payer la location, le chauffage, l'accrochage et l'édition des catalogues ?

Encore trois comme toi et je saute.

Et pourtant j'ai cru en toi coco, et j'y crois encore.

Mais il faut que tu craches ta purée et il faut que tu me trouves un truc qui se vende et qui accessoirement, mais accessoirement seulement, te satisfasse d'un point de vue artistique.

Là ce qui m'a plu c'est le mariage classique/moderne, revisiter des thèmes contemporains avec des yeux classiques

bon on s'est planté, je dis "on" parce que je t'ai encouragé, à tort mais je suis sûr qu'il y a un truc vendeur là-dedans, on n'a juste pas trouvé le bon angle ..."

En face de lui Zeb était quasi-catatonique" à part son "je ne m'appelle pas coco, je m'appelle Zeb " répété à mi-voix mécaniquement chaque fois que le mot "coco" jaillissait dans la bouche du galeriste.

Il n'était pas à proprement parler déçu de cet échec, il était indifférent, encore et toujours.

Ailleurs et en tout cas, pas en phase.

Il n'était vraiment apaisé et lui-même -heureux aurait été un trop grand mot- que seul dans son atelier avec un pinceau ou une bombe à peinture.

Les relations avec autrui étaient pour lui une corvée hygiénique et indispensable, comme se nourrir, déféquer ou faire les courses au supermarché.

Il les avaient d'ailleurs réduites au strict minimum: des rencontres épisodiques avec son galeriste, la visite annuelle à la maison de retraite de son père juste avant noël.

Pour le reste il avait coupé les ponts avec ses quelques connaissances des Beaux Arts et saluait vaguement le boucher, le bistrotier et la caissière qu'il avait fait poser en grands d'Espagne ou en duègne.

Il avait aussi réduit ses activités extra-artistiques à presque rien: une visite à la laverie automatique une fois par semaine, une descente bi-hebdomadaire au supermarché du coin où il n'achetait que des plats à micro-onder, du gros rouge en kubi et des boites de raviolis qu'il mangeait froides, une visite mensuelle rue Sant Denis, pour l'hygiène encore, et c'était pratiquement tout.

Le galeriste intarissable avait repris.

"Même Jean Pierre Pernod fait la tournée des table bars et des clubs échangistes de la nationale 7 pour rester authentique.

Faut faire trash, coco, c'est l'époque qui veut ça: t' as vu "qui veut épouser mon fils" sur tf 2 ,des pouffiasses siliconées des brutes épaisses et des vieilles maquerelles, quarante pour cent de part de marché recta , c'est le cas de le dire !

T'as vu les magazines de mode: porno chic encore et encore, z'arrivent pas à dépasser le concept .

Eh bien les acheteurs d'art c'est pareil, ils veulent la même chose que les auditeurs de tf2, du sale, du bien dégueu , du qui te remues tes plus mauvais tréfonds, de la poubelle, du mascara et du foutre.

Regardes le succès de Hirst avec ses viscères et celui de Koontz avec son porno plastifié et ses sex toys géants !,

Dommage que le conservateur de Versailles ait manqué de couilles ; son coït en 3D avec la Cicciolina, madame Koontz à l'époque, aurait fait un effet bœuf, multiplié à l'infini dans la galerie de glaces.

Mais comme c'est de l'Art avec un grand A, faut empaqueter, faut donner un prétexte intello.

N 'oublie jamais que du seizième au dix-neuvième siècle le seul bon prétexte pour voir du cul ,c'était l'art.

 Eh bien on en est toujours là mais on a franchi un degré. Il faut du cul occupé. Du lard et du cochon.

 Bon pour emballer les bas morceaux, ton idée de revisiter les classiques est très bonne, mais, là, on en a trop fait .tu as demandé de l'érudition à tes clients potentiels, alors que tout ce qu'ils ont, c'est du fric, et le besoin de faire chic.

Si tu fais dans le classique, ne cherche pas plus loin que ce qu'un japonais prend dans le viseur de son Nikon au Louvre. Ne dépasse pas le niveau carte postale, c'est clair !

Bon là on va s'arranger, je prends à ma charge toutes les dépenses non amorties et tu me signes un nouveau contrat.

On passe de 80-20 à 90-10.

 j'ai tout préparé, t'as qu'à signer la en bas "Zeb Faust" à côté de ma signature « Lucien Fère» voilà.

 non, non me remercies pas je suis comme ça, moi, la main sur le cœur… ".

*
*   *

Zeb rentra chez lui d'un pas mou.

Il était comme saoulé par la faconde de son galeriste, lui qui pouvait passer des jours, des semaines même, sans prononcer un mot.

Dans la cuisine, il alla chercher son cubi de rouge en cours.

Il s'installa sur un canapé tâché de son loft et alluma la télé.

Tout en regardant d'un oeil distrait un porno a la demande sur canal +, il commença à têter doucement le robinet du cubi, qu'il avait installé douillettement sur son ventre comme un enfant son nounours.

Bercé par les ahanements des acteurs qui s'échinaient dans le poste et la bouche poissée par le goût rêche de l'alcool il finit enfin par s'endormir.

*
* *

Une sonnerie insistante le réveilla vers trois heures de l'après-midi.

Laborieusement il se leva.

Il était tout habillé mais ses vêtements étaient complètement froissés et maculés de taches de vin.

Le robinet du cubi avait continué à couler, goutte à goutte, après son assoupissement.

Il enfila, à la hâte, un peignoir à peu près propre qui traînait par terre dans la salle de bains.

Il n'avait pas de judas. Il ouvrit sans autres.

Les visites étaient de toute façon très rares, à part quelques représentants, qui n'insistaient jamais, découragés par sa mine de caniche battu.

A sa façon il les réconfortait, ils repartaient en pensant "au moins un type plus lamentable que moi".

C'est ça l'humanisme aujourdhui, être encore plus nul et plus bas que les autres.

Une jeune femme se tenait dans l'embrasure, petite , assez mignonne, la gueule un peu de travers .

- C'est vous Zeb Faust, le peintre ?"

- Oui

-Ah très bien, je m'appelle Monica, je suis journaliste et je fais une enquête ", et sans plus de cérémonie elle ouvrit son imperméable.

Elle était nue en dessous avec juste un porte-jarretelles à l'ancienne

- "Voulez faire l'amour avec moi". Elle adorait l'effet de surprise et de gêne que produisait cette entrée en matière.

Mais Zeb ne réagit même pas.
Il aimait les choses simples et la vérité toute nue.

Et s'il avait encore eu un vernis de civilité, il n'aurait pas pu s'exprimer avec la gueule de bois qu'il tenait.

Il répondit donc franchement:

-"Oui bien sûr, vous êtes jolie et vous avez l'air sympathique, mais j'ai regardé un porno hier sur canal + hier et..."Il fit un geste vague vers son bas ventre " ...et en plus j'ai la gueule de bois... "

- Ce n'est pas grave, je peux repasser ce soir…
".
Ce qu'elle fit.

Ils restèrent trois jours ensemble, sans sortir, le temps pour Zeb de parvenir à récipiscence.

L'amour non tarifé le paralysait.

Son côté gratuit, et réciproque, sinon altruiste, lui paraissait peu naturel, et presque terrifiant.

Se laisser aller complètement avec quelqu'un, quel vertige, au sens physiologique, pas romantique, quel abandon, quelle vulnérabilité, quelle faiblesse.

Il avait vraiment du mal.

Ils mangèrent des plats au micro-onde debouts devant le frigo et burent au goulot du cubi.

Entre deux tentatives, ils regardaient d'un oeil glauque des programmes du câble choisis au hasard: émissions de déco canadiennes, de cuisine anglaises, informations boursières en continu de la squawk box de CNBC, chaîne polonaise, chaînes de tv preachers, chaîne régionale des canaries, FR3 même.

Elle lui expliqua qu'elle faisait une enquête sur les people en général, mais une enquête "totale" façon gonzo-journalisme, au propre, et au figuré là encore.

Il n'y avait selon elle que trois façons de connaitre vraiment les gens, travailler avec eux, partir en vacances avec eux ou coucher avec eux.

Et coucher avec eux, ça allait plus vite.

Elle s'était tournée vers lui, parce qu'il lui fallait un peintre dans sa galerie.

Elle ne lui cacha pas qu'il n'était pas son premier choix, mais, avec les peintres, rien n'était simple.

Les jeunes n'étaient pas connus, les vieux étaient soit homosexuels, soit vivaient dans une campagne paumée ou un paradis fiscal, étroitement surveillés par une épouse, jeune ou vieille, mais guettant imparablement l'héritage, sous couvert de fondations et de dations.

Les choses étaient plus simples avec les sportifs dans le showbiz ou chez les écrivains.

Là, les jarretelles faisaient presque toujours effet.

-"Alors je me suis rabattu sur toi. Tu n'es pas très connu, mais tu es quand même dans Beaux Arts et Art Press, les gens du secteur disent que tu as du talent et que tu finiras par percer, même, si jusqu'ici, ça n'a pas vraiment marché.
Trop intello qu'ils disent, pourtant je ne te trouve pas intello, non, sincère et réfléchi, mais pas intello, pas comme ces branleurs d'écrivains, qui se sentent obligés de te citer trois livres et d'inventer des justifications pour t'avoir sauté dessus comme une bête à la simple vue d'un string ..".

De son cote Zeb se déboutonna un peu. C'était peut-être la première fois qu'il essayait d'expliquer ce qu'il tentait de faire dans ses toiles.

Les mots venaient lentement, par approximations successives. Il avait l'impression de dire des banalités sans nom.

Au bout de trois jours, elle lui dit, sans détours, qu'elle avait fait le tour de la question, qu'elle devait continuer son enquête, chez les sportifs cette fois.

Elle lui dit aussi qu'elle avait passé un bon moment et qu'elle l'appellerait un de ces jours.

Ce que, bien sûr, elle ne fit jamais.

*
* *

 Quand le livre sortit, un an et demi plus tard, il fit un beau scandale, donc de belles ventes. Avant qu'un référé n'oblige à pilonner la première édition, ce qui permit une seconde édition qui se vendit mieux encore.

Par curiosité, Zeb acheta le livre.

 Monica y racontait honnêtement leur rencontre, disant des choses plutôt sensées sur son caractère et sur sa peinture et parlant presqu'avec tendresse de ses piètres performances amoureuses.

 L'année écoulée avait été bonne pour lui.

Il avait enfin trouve le truc, trash et culturel, dont rêvait son galeriste.

Il s'agissait de photos en grand format, de plusieurs mètres de longueur comme une toile de Véronèse ou de Rubens, où des clochards et des SDF en guenilles rejouaient des grandes scènes de genre, tirées de tableaux célèbres.

Son "radeau de la Méduse" avait inauguré la série. Une couche d'ordures ménagères répandues sur le sol d'un hangar figurait la mer, avec quelques planches de palettes il avait obtenu une réplique assez convenable du radeau, mais le plus réussi était l'expression désespérée des naufragés qu'il avait obtenu tout simplement en suspendant une caisse de Kronenbourg à une poulie, hors champ, et en la promettant à ses figurants, en cas de prise satisfaisante.

Après trois ou quatre heures de pose, avec les sdf à demi-nus, dans le hangar glacial - on était en hiver - il avait obtenu l'effet désiré.

Bon prince, il avait rajoute quatre cubis de rouge sur lesquels les SDF s'etaient rués à même le sol, encore jonché d'ordures.

Avaient suivi "Gabrielle d'Estrée pinçant le sein de sa soeur", dans des teintes grises, avec deux vieilles poivrotes dans une baignoire rouillée servant d'abreuvoir dans un champ du côté de Meaux, "Le serment des Horaces " photographié sous un pont de chemin de fer entièrement taggué, les clochards brandissant des poutrelles d'acier en guise d'épées, "Napoléon couronnant Joséphine" sur le parvis d'un incinérateur, "L'enlèvement des sabines" dont la séance de pose aurait mal tourné sans la présence d'un maître-chien et de son molosse, et bien d'autres.

La critique avait salué la composition parfaite et classique de ces oeuvres, leur caractère désespéré, leurs résonances contemporaines, leur dérision, leur puissance brute, j'en passe et des meilleures.

Monica l'avait effectivement bien choisi. Il était devenu une -petite- célébrité.

 Quand un avocat vint le voir pour lui proposer de porter plainte, avec d'autre vedettes offusquées par le livre de Monica, (qui avait tout de même provoqué au moins cinq divorces avec des pensions alimentaires à plusieurs zéros à la clé), il refusa tout net.

L'avocat n'en revenait pas.

-"Le seul qui a réagi comme vous c'est Houelleboucq " lui avait il dit

"mais lui, tout le monde sait qu'il est fou".

Le geste de Houelleboucq, ou plutôt son absence de geste, avait bien plu a Zeb.

Il se procura son adresse par l'intermédiaire de Frédéric Béguepervers, qu'il avait croisé un jour au café de Flore, la barbe encore pleine de farine, sans doute après avoir fait un gâteau avec ses enfants.

Zeb préparait une nouvelle exposition dans la lignée trash de la précédente.
Il demanda par mail à Houelleboucq de lui écrire les textes de son futur catalogue et lui envoya en pièces jointes quelques photos de ses expositions récentes.

A sa grande surprise, l'écrivain, que l'on disait reclus, à bout d'inspiration et complètement sauvage lui répondit dans l'heure :"Prenez l'avion pour l'Irlande, je vous attends ce week-end pour en parler, après il sera peut-être trop tard."

*
*   *

Zeb avait eu un peu de peine à trouver la maison de Houelleboucq à Shannon.

Elle trônait au milieu d'un lotissement, près d'une piste désaffectée de l'aéroport.

Elle était la seule terminée, tout le reste avait été abandonné en cours de chantier.

La crise de la dette irlandaise e,t la fin de la bulle immobilière, étaient passées par là.

Les accès, même pas goudronnés, étaient complètement boueux en ce début de printemps.

«- Ah vous voilà je ne pensais pas que vous viendriez …

 Je sais ça fait bizarre quand on arrive ...

Moi j'aime bien ce paysage en ruine, moderne mais déjà en ruine, toute notre époque est là.

Boom, krach, boom.
Si ce n'était pas si compliqué, j'aimerais m'installer à Sendaï sur la côte ou à Fukujima au milieu de la vraie désolation.
Vous prendrez bien un peu de rillettes ? »

Et il lui tendit un pot dans lequel il se servait, manifestement, avec les doigts.

Zeb avait amené deux bouteilles de bordeaux, des crus bourgeois.

Il les burent au goulôt - il n'y avait pas de verres- et assis par terre - il n'y avait ni canapés, ni chaises, ni meubles. Juste des cartons de déménagement que Houelleboucq n'avait pas vidés depuis deux ans qu'il était là.

-Alors parlez-moi de votre travail...

*
*   *

Le catalogue fit un mini scandale et se vendit comme de petits pains.

L'expo devint l'une des plus courues de Paris.

Houelleboucq commençait par ces mots :

" Zeb Faust, dans ses tableaux de SDF nageant dans des océans d'ordure, nous donne à voir le monde tel qu'il est, et non tel qu'il devrait être. Enviable artiste, il montre à cru et à sec, comme on monte à cru et comme on encule à sec" ...

 Zeb était comblé.

Enfin bien conseillé, il put dire merde a son galeriste, et sous la menace d'un procès, lui racheter une partie de son fonds.

Il partit s'installer à la campagne, dans une ferme du massif central qu'il fit entourer d'un long mur .

Zeb avait proposé à Houelleboucq de lui faire son portrait en guise de paiement des textes du catalogue.

Houelleboucq lui demanda plutôt une composition spéciale, dont Zeb s'acquitta avec joie.

-« Savez vous que "tragédie" veut dire "ode au bouc" en grec, probablement parce que le prix de la meilleure tragédie au départ, dans l'Athènes primitive du 6ème siècle était un bouc ? »

Zeb ne savait pas.

"Mais vous savez sans doute que Nietszche a écrit une "naissance de la tragédie ".

ça Zeb le savait, il avait même essayé de la lire, il y a longtemps. Le livre lui était tombé des mains .

"alors voilà ce que je veux..."

*

*   *

Le tableau, deux mètres sur trois, ouvrait l'exposition.

C'était une photographie hyperréaliste, plus que grandeur nature, d'un clochard avec une grosse moustache de morse a la Nietzsche, endormi, recroquevillé, à demi-nu, drapé dans une tunique grecque antique relevée au-dessus des cuisses et sur lequel reposait un bouc mort, la langue pendante, violacée et les pattes écartées, comme s'il avait voulu posséder le clochard.

Le tableau était intitulé "naissance de la tragédie" .

L'effet en était saisissant.

La peau blanchâtre et couperosée du clochard, et son air paisible (le résultat de trois tetrapacks de Margnat village, quasi-cul sec) contrastait avec le pelage sombre du bouc dont on voyait chaque touffe de poils, et la langue violacée émergeant du museau juste derrière l'oreille du clochard.

Le cadavre du bouc évoquait les carcasses de boeuf écorchés de Rembrandt et Hockney.

Le bouc avait été une toute autre affaire. Des essais avec un bouc vivant ,et éveillé, n'avaient donné que plaies et bosses.

 Trois vétérinaires de rang avait refusé d'endormir la bête tout en lui administrant des décontractants musculaires.

Il avait fallu pour finir se résigner à acheter un bouc mort dans un abattoir et à faire la séance de pose sur place, dans une chambre froid,e avec l'odeur fade du sang immédiatement après l'abattag,e avant que la rigidité cadavérique des membres n'empêche de les disposer comme Zeb le souhaitait.

Et, même comme cela, il avait fallu quatre boucs et le clochard avait failli attraper une congestion dans son peplum.

Zeb, en bon artisan, aimait bien ce genre de défi technique bien que cela l'obligeât à interagir avec le reste de l'humanité.

En tout cas c'était réussi.

François Pinault avec son flair habituel, et ses goûts corsés, voulut immédiatement s'en porter acquéreur.

Il le voulait pour l'entrée de son musée à la pointe de la douane à Venise.

Zeb, ayant promis le tableau à Houelleboucq, refusa.

Pinault offrit alors une somme obscène, même pour les standards dévoyés de la bulle de l'art contemporain, et Zeb refusa à nouveau .

Sa côte s'envola.

La côte aime les artistes qui se fichent de leur propre côte, mais elle les préfère morts.

Houelleboucq passa prendre le tableau à la clôture de l'exposition.

Zeb lui avait préparé un pot de rillettes et une bouteille de rouge.

Leur entretien fut chaleureux, enfin aussi chaleureux que l'un et l'autre pouvaient l'être.

*

*   *

Cinq ans avaient passé, le temps d'une seule exposition pour Zeb, lorsqu'il reçut un étrange coup de fil de la police.

- Vous êtes bien Zeb Faust, le peintre ?

- Oui c'est moi

- Vous êtes bien l'auteur du tableau "naissance de la tragédie" ?

 -oui tout à fait, mais comment le connaissez-vous? il appartient à Michel Houelleboucq et, que je sache, il ne l'a jamais ni prêté ni vendu, je le saurais.. .a t'il été volé ?

-Non, non Houelleboucq l'a toujours, enfin… si on peut dire parce que Houelleboucq est mort...

- Mort ?

- "Oui, et d'une manière bizarre, on l'a trouvé affublé d'une moustache postiche, nu et sodomisé par un bouc mort exactement comme dans votre tableau, qui trône dans sa salle de séjour ; ça doit être une mise en scène d'un sadique ou d'un pervers.

On n'a pas encore les analyses toxicologiques mais le suicide est matériellement impossible.

C'est vraiment un truc de tordu !

Faut dire qu'avec ce qu'il écrivait !!...

Est ce que vous pourriez venir à titre bénévole, pour nous éclairer ?

C'est sans doute une fausse piste, mais la ressemblance avec le tableau est hallucinante.

 L'histoire du tableau peut nous donner une idée des motifs du meurtrier ou du moins de sa façon de penser.

Et puis c'est un people, même s'il est passé de mode, on ne peut pas se permettre de négliger la moindre piste.

- "Bien sûr pas de problèmes, j'arrive , où? ...du côté de Chateauroux, un ancien garage sur une départementale paumée ? Oui ça lui ressemble bien...

*

*   *

L'estafette de la gendarmerie l'attendait à sa descente de train de Chateauroux.

Houelleboucq était à ce point passé de mode, que Paris n'avait même pas jugé bon, du moins pas encore, de dessaisir la gendarmerie locale.

Pendant le trajet, Zeb expliqua au jeune capitaine l'histoire du tableau.

Celui-ci connaissait le bouquin de Nietzsche, à défaut de l'avoir lu ,et avait saisi l'allusion du tableau.

Il cherchait à faire cadrer ça avec ses cours de criminologie et les stéréotypes de serial killer à l'américaine.

 Zeb, comme toujours, n'avait pas d'opinion.

Il attendit la suite, passif et vaguement peiné pour Houelleboucq.

Cependant quand il vit le cadavre de Houelleboucq au fond de la fosse du garage, à qui le bouc mort faisait comme un pagne en le pénétrant, le visage paisible pourtant sous la moustache postiche, il sut immédiatement de quoi il retournait.

- "C'est un suicide !

- Comment ca?

Mais c'est matériellement impossible, il faudrait qu'il ait tué le bouc, se soit sodomisé lui-même avec lui et endormi d'un sommeil paisible, c'est impossible !

Ces bestioles, surtout mortes pèsent un âne mort, c'est le cas de le dire et Houelleboucq était bouffi certes, mais faible physiquement, visiblement il ne faisait aucun exercice, vous avez vu ces pustules ?

- Ce sont les rillettes...

- Et en plus il a l'air paisible, avec ça dans le dos, c'est impossible a moins d'aimer ça, mais ce n'était pas son truc, à en croire ses bouquins. Non le bouc a dû être installe après sa mort et par son assassin.

- Ecoutez c'est compliqué à réaliser c'est vrai, mais c'est techniquement faisable, j'ai fait des trucs bien plus improbables pour mes tableaux.

D'accord il ne devait pas avoir beaucoup de sens pratique mais d'un autre côté il était suffisamment obsessionnel pour mener un truc tordu à bien.

Regardez, vous voyez l'étiquette là ?"

Il montrait l'étiquette de traçabilité encore poinçonnée à l'oreille droite du bouc.

« - Enquêtez, vous verrez que Houelleboucq a acheté le bouc lui-même, probablement dans une ferme voisine. Ensuite je vous parie que les analyses toxicologiques montreront qu'il a ingéré un mélange d'alcool fort, de barbituriques et de poppers comme décontractant.
La seule chose qui m'intrigue, c'est comment il a pu en trouver à Chateauroux, il a dû faire un saut à Paris.

D'ailleurs si vous fouillez un peu la maison, vous y trouverez certainement des accessoires avec lesquels il s'est entraîné d'abord ...

- Mais la manipulation du bouc ?

- Nous sommes dans un ancien garage, ne l'oubliez pas.

Il est dans une fosse et il y a un palan juste au-dessus.

Il a du faire d'une pierre, deux coups. Il a tué le bouc en le pendant au palan et obtenu au passage l'érection dont il avait besoin.

Faites autopsier le bouc par un veto, vous verrez qu'il a les cervicales brisées.

Après, Houelleboucq a avalé son cocktail et est descendu dans la fosse puis il a arrangé le bouc avec le palan comme il l'entendait, d'ailleurs regardez la télécommande du palan, elle est dans la fosse à portée de sa main...

La suite de l'enquête confirma point par point les déductions de Zeb .

- Mais pourquoi ?" Lui demanda bien plus tard le jeune capitaine de gendarmerie.

- Là non plus pas de surprises, relisez le frontispice des «testicules alimentaires», il a juste bouclé la boucle ...

- Drôle de ceinturon quand même…

- C'est bien une réflexion de gendarme…

 Etc

SUISSE

30.
Alimentarium
(vevey)

A la manière de Jacques Chirac

DE LA SALADE SUR LES DENTS DE LA JOCONDE

L'Alimentarium est un superbe musée consacré à l'histoire et à la sociologie de l'alimentation.

un vaste sujet. Le seul qui vaille, si l'on y réfléchit bien.

c'est un musée privé financé par la firme Nestlé.

 Il est situé dans un cadre magnifique, à Vevey, au bord du lac Léman.

 Depuis peu il compte une nouvelle salle, la salle Jacques Chirac.

La Suisse romande en général, et le canton de Vaud en particulier, entretiennent pourtant une relation complexe avec la France, faite d'une légitime commisération devant notre désordre perpétuel et notre pauvreté relative, et de fascination pour une scène politique et culturelle autrement plus animée et créative que celle de la paisible et consensuelle Hélvétie.

 Cette salle Chirac, ce petit miracle, tient au hasard d'une rencontre. Celle, fugitive, entre le conservateur de l'Alimentarium et du président Jacques Chirac au salon de l'agriculture de Paris.

 Toujours en quête tu de nouvelles idées pour son musée, le conservateur poursuivait là un tour du monde des hauts lieux de la gastronomie savante et populaire, du marché aux truffes blanches d'Alba au marché aux poissons de Tsukiji à Tokyo (ah qui dira le goût crémeux du sperme de cachalot encore tiède[10]) du hall "égyptien" de Harrods, caverne d'Ali baba de merveilles culinaires au cœur d'un pays pourtant si viscéralement étranger au bien manger, aux marchés de rue de Hong Kong débordant de pieuvres séchées, de pattes d'ours, d'holothuries, de bile de serpents et autres gourmandises rares d'une gastronomie plurimillénaire.

 Le conservateur avait fait du stand suisse, dans la section étrangère du salon, sa base arrière.

 sur le coup de 8 h 30 du matin, heure déjà fort tardive pour un Suisse, le conservateur avait vu jaillir comme un beau diable, Jacques Chirac, 70 ans bien pesés, mais semant, à grandes enjambées, son escorte, déjà essoufflée par une demi-heure de visites du salon.

 Tout de go, Jacques Chirac, qui venait pourtant que visiter le stand corse, le stand réunionnais et le stand périgourdin se planta devant le stand suisse (prononcez stan sans d à la suisse) évidemment impeccablement rangé.

Là, tout en serrant énergiquement, de sa main droite, toutes les paluches à sa portée, le président rafla de sa main gauche et engouffra allègrement : une bouchée de croûte (plat de tranche de pain brun cuit au four avec un oeuf et du fromage) , une demie boule de Bâle (

---

[10] sans rire, la belle Julie Andrieu l'a fait dans un épisode mémorable de sa remarquable série TV culinaire "fourchette et sac à dos" mais elle n'a été qu'à moitié convaincue

une sorte de cervelas), une cuillerée de Berner Rösti (galette de pommes de terre rapées au lard), quelques tranches de viande séchée des grisons, le tout entrecoupé d'une gorgée de Dardagny (vin blanc de Genève), un autre d'Humagne (vin rouge du valais) et pour finir, en coup de l'étrier, d'une lampée de poire williamine Morand et de terminer sa visite par un « tip top/ tout de bon/ tchaow/ tchuss ! » laissant ses interlocuteurs suisses pantois.

 Et d'attaquer avec la même énergie, et la même chaleur, les stands voisins de l'Espagne et de l'Italie.

De sa vie entière le conservateur n'avait jamais vu ça.

Même lors d'une "bénichon " (déformation de bénédiction), une ripaille de six heures et de dix plats de cochonnailles, assaisonnés de moutarde de vin dans le canton voisin, mais catholique, et donc plus joyeux, de Fribourg,.

 Même en Valais, autre canton catholique voisin, réputé pour sa joie de vivre et ses élus haut en couleurs.

Il mit la journée a s'en remettre, parcourant le salon et ses étals bruegheliens, d'un air absent et songeur.

 Le soir venu, il rejoignit son hôtel dans le sinistre 16ème arrondissement. Sa secrétaire l'avait collé là par réflexe conditionné, faute d'avoir trouvé un hôtel dans le 15 ème à proximité du salon.

Il aurait 100 fois préféré être dans le Marais ou le quartier latin, dont il conservait un souvenir impérissable, pour y avoir séjourné, comme jeune attaché culturel, au centre culturel suisse, un petit bijou.

Il n'avait pas osé protester, de peur de passer pour un fantaisiste, un stigmate social au bord du Léman (enfin sauf à Genève, cette ville si peu Suisse).

Après un diner soigné, mais sinistre parce que solitaire, il avait erré dans ce quartier perpétuellement désert.

Ses pas l'avaient amené vers la cinémathèque Henri Langlois, dans le palais du Trocadéro.

D'un oeil distrait il regarda le programme consacré aux "OVNI du scénario". Parmi les films présentés il y avait "Dans la tête de John Malkovitch »

Et, soudain, l'illumination lui vint.

Ensuite les choses se firent à la manière helvète, un peu lentement, mais très efficacement, simplement, et avec tout le bon goût qui va avec le vieil argent, bien dépensé.

.L'ambassadeur suisse en France, dûment briefé par des connaissances communes -le pays est petit et le milieu des officiers de réserve plus encore - avait obtenu l'accord du président Chirac lui-même, lors du buffet du 14 juillet à l'Elysée.

La commande avait été passé à Zaha Haddid elle même : un petit bâtiment aux formes bio-organiques, prolongeant l'alimentarium côté Léman. Ce fût l'une dernières oeuvres de l'architecte, avec la tour CMA/CGM à Marseille, et l'une des plus abouties.

Apprenant la maladie d'Alzheimer du président, le conservateur fit tout ce qu'il pût pour accélérer les travaux.

Il remporta même haut la main le referendum local, déclenché par une initiative populaire opposée à l'extension du musée, du fait des nuisances impliquées par le chantier.

Le Léman a la forme d'une banane. L'adage américain BANANA (Build Absolutely Nothing Anywhere Near Anybody/ ne construisez absolument nulle part près de n'importe qui) s y applique donc à plein.

En suisse la coupe d'une allée d'arbres, l'aménagement d'une place ou la création d'un parking peuvent prendre cinq ans voire dix.

 Il faut épuiser les recours amiables et judiciaires, puis les délais d'une contre-initiative populaire et au cas où celle-ci a réuni les signatures nécessaires dans les délais, il faut encore gagner le referendum.

 C'est le prix de la vraie démocratie. Immobilisme et conservatisme, prudent, voire avisé, les bons jours, borné les mauvais.

Très exotique par rapport à notre monarchie absolue et, parfois, éclairée, surtout quand il s'agit de musées et de monuments.

Mais ça marche aussi et souvent mieux.

Le conservateur compatissait de tout coeur à l'alzheimer du président.

Avec Bernadette aux commandes, plus de descente au frigo a dix heures du matin, avec tête de veau et Corona.

Et puis, avec la maladie, le rêve d'une inauguration par le président Chirac lui-même du bâtiment, s'effritait un peu plus.

De fait, l'inauguration eut lieu sans le président, du fait d'un veto de Bernadette et malgré l'intercession de David Douillet, conquis par le projet.

L'alimentarium doit lutter contre la concurrence du tout nouveau musée Charlie Chaplin, également sis à Vevey, et doté des toutes dernières technologies de réalité virtuelle.

L'extension de Zaha Haddid , avec ses formes fuselées, s'intègre merveilleusement au bâtiment existant et s'inscrit parfaitement dans le cadre lumineux de la baie de Vevey.

Elle vaut, à elle seule, la visite, comme le bâtiment de Gehrry à Bilbao ou celui de Forster à Nîmes, voire le voyage si on la combine avec le musée olympique de Lausanne, l'Elysée (l'autre, Le musée de la photo de la même ville) les vignobles classés UNESCO de Lavaux et le chateau de Chillon chanté par Byron.

Mais tant qu'à faire les 700 kilomètres qui séparent Paris de Vevey pour autre chose que visiter votre banquier, autant visiter le musée lui-même.

Curieusement, la visite de l'aile Chirac commence comme une fête foraine.

Après avoir visité le reste du musée, et payé pour l'occasion un supplément (il faut bien amortir les investissements), on vous fera prendre place dans ce qui ressemble furieusement à un simulateur de foire, vous savez, ces capsules montées sur vérins où l'on s'entasse a six ou huit pour se faire secouer en regardant sur un petit écran, au devant de la cabine, au choix, un circuit de f1 ou une station spatiale.

Les seule différences c'est qu'ici les sièges sont king size et qu'on vous affuble d'un casque 3D de réalité virtuelle du dernier modèle.

Un peu comme à Disneyland ou au Futuroscope mais en mieux. Bien sûr.

 Et là, attention au décollage.

 Brutalement, vous aurez l'impression d'être projeté en avant par les vérins. En même temps, en vision panoramique, à 360 degrés, vous aurez l'impression : d'être

- précipité dans une bouche géante,

- effleuré par des dents jaunies en pleine mastication ,

- balloté de droite et de gauche par des mouvements de langue et

- noyé par des flots de salive (en fait des gouttes d'eau tièdes savamment projetées)

Puis presque sans transition vous serez frôlés par une luette géante (en fait une languette de caoutchouc soigneusement désinfecté à chaque passage, on est en Suisse, quand même).

Passé cet obstacle, vous aurez brutalement le sentiment d'une chute libre, comme si vous étiez largué un avion avant l'ouverture du parachute, comme dans un parc aquatique quand vous tombez presque à la verticaledans un tube de plastique ,les fesses baignées par un filet d'eau tombant en cascade, comme dans les montagnes russes lorsque le wagonnet arrive au sommet de la pente et la dévale d'un coup.

Les vérins brutalement mis à la verticale, votre estomac va remonter jusqu'à votre glotte, voire votre luette, à la limite du vomissement.

A 360° vous verrez défiler un conduit annelé rose.

Puis, d'un coup, la capsule va se redresser à l'horizontale et votre estomac va reprendre sa place.

La porte latérale va se relever, vous débarquerez et vos casque de réalité virtuelle vous seront obligeamment enlevés.

Vous vous trouverez plongés dans un noir profond, abyssal même, où vous ne pouvez rien distinguer.

Dans ce genre de privation sensorielle visuelle, les autres sens et, en particulier le toucher et l'audition, s'aiguisent immédiatement.

Le Futuroscope à Poitiers a une attraction de ce genre, un jeu de piste, guidé dans le noir absolu. Effet garanti : avec un minimum d'équipement, on devient aveugle et immédiatement hyper réceptif.

Progressivement une lueur infime va apparaître, votre ouie va commencer à percevoir une musique de fond, BWV 1060, concerto pour 2 claviers et orchestre de Jean -Sébastien Bach. Une pure merveille.

Oui c'est de la musique allemande. Et alors ? Il faut bien admettre que la musique classique française n'est pas à la hauteur de la gastronomie française.

On peut pas être au top partout.

Entre cuisine et musique, il y a comme une fatalité, un trade-off comme on dit les organisations internationales à l'autre bout du lac, à Genève.

En Allemagne Bach et Beethoven se paye par des knödle, des boulettes de pain trempé dans du bouillon.

Au Japon, symétriquement, le Gagaku, transposition de la musique chinoise de cithare mais ralenti au dixième du tempo a un son aigrelet qui ferait tourner la lie de saké et la sauce du suki-yaki, si elles y étaient exposées.

En fait, il n'y a qu'en Italie que la musique et l'assiette tutoient, toutes les deux, le ciel.

Ah ! écouter du Vivaldi, du Pergolèse, du Monteverdi, de l'Allegri et mille autres encore en dégustant une assiette de pâtes aux truffes, le regard perdu sur les collines de la Toscane de l'Ombrie, piquetées de cyprès…

Mais bon, on s'écarte, on divague, et jacques Chirac, post-alzheimer, le fait bien assez.

Puis des voix off vont progressivement émerger et se relayer.

chacune évoquera tour à tour une des merveilles culinaires françaises en lisant, avec les mots-mêmes de Jacques Chirac, extraits de ses Mémoires.

A mesure qu'un plat sera mentionné, une douce lumière envahira la caverne ovoïde, platonicienne, même, puisqu'on sera au bord d'une révélation: l'hologramme du plat apparaîtra progressivement, dressé de manière exquise et raffinée dans une vaisselle épurée, quasi-japonisante.

Cette vision divine s'accompagnera des effluve à la fois subtils et entêtants du plat.

Instantanément l'eau vous montera à la bouche.

Curieusement, si vous tendez l'oreille et pour peu (c'est le mot) que vous soyez français, vous vous rendrez compte, progressivement, que le texte évoquant tour à tour ces merveilles est lu par une succession de français et de françaises du show-biz et du sport-biz, ayant choisi de s'établir au bord du Léman, ou dans les montagnes avoisinantes plutôt qu'à Paris.

Dieu sait pourquoi? l'attrait des paysages lacustres et alpestres sans doute.

Ce sont donc Isabelle Adjani, Richard Virenque, Charles Aznavour, Joe Wilfrid Tsonga, Frédéric Dard, Henri Leconte, Alain Delon, Alain Prost, Johnny Halliday et d'autres encore qui se relaient pour évoquer, avec les mots de Jacques Chirac, les merveilles de la France gourmande

Après avoir tourné lentement, quasi -hypnotiquement, chaque hologramme de plat s'efface pour laisser le suivant apparaître au rythme ternaire de l'éloquence présidentielle.

A chaque nouveau plat dans votre champ de vision, à chaque nouvelle odeur, vous saliverez mécaniquement, les papilles affolées par l'effet de rétro-olfaction, bien connu des sommeliers.

Trop peut-être, mais la direction du musée, prévenante, et instruite par l'expérience, a prévu des kleenex sur le côté, là, discrètement signalés par un rayon lumineux.

Nous avons pu, en toute exclusivité, enregistrer le texte lu par nos compatriotes.

Le voici:

"Il faut aimer la France car elle est admirable, une, unie, diverse et éternelle.

En cinquante ans de vie politique je l'ai parcouru inlassablement.

Comme ma Corrèze, je l'ai prise, labourée et retournée sans cesse et sans repos.

Il n'y a pas une départementale qui n'ait vu les pneus de ma CX, pas un chemin creux où je ne me sois crotté les mocassins, pas un pré où je n'ai piétiné la bouse et traîné Bernadette, pas un cul de Holstein, de Pie rouge, de Frisonne, de Normande, de Salers que je n'ai amoureusement palpé, gratté, malaxé, flatté et pour tout dire comblé.

Oui j'aime la France dans ce qu'elle a de meilleur, plus encore que Ramadier avec sa morue à dessaler dans les chasses d'eau de Matignon, plus encore qu'Herriot avec son andouillette, plus que Félix Faure avec sa morteaux bien plus que De Gaulle qui ne connaissait que les brouets des mess et des roulantes, plus que Giscard qui n'avalait son aligot que du bout d'un cuillère d'argent et la bouche en cul de poule, plus que Pompidou à qui le gout du tabac gâchait tout, plus que Balladur qui n'est jamais sorti des canapés et des petits fours et qui l'a payé cher auprès de la France de rades en zinc et du petit blanc cas', ma France !

Moi la France, je l'aime du Nord à la Provence, des tartines au maroilles trempées dans la chicorée des estaminets du Pas de Calais à la bouillabaisse au pastis des bouches du Rhône.

J'aime le lonzo, le brocciu, le cabri, la figatelle rôtie et son jus parfumé dégoulinant sur une belle tranche de pain frais comme Charles aimait une urne bien bourrée, une carte électorale bien charcutée, une enveloppe africaine bien garnie et l'odeur de cuir et de vomi mêlés des commissariats.

J'aime le chouchen et la gouchicht qui fouettent le sang sur le pont du Charles de Gaulle en rade de Brest un jour de tempête quand les Rafales déchirent le ciel et creusent le déficit budgétaire.

J'aime les crêpes complètes à l'andouillette de Guéméné quand je visite les derniers bastions "blancs" du Morbihan, j'aime même l'andouille de Vire alors que Stirn, un ami depuis science-po pourtant, m'a trahi pour Giscard, puis Mitterrand avant de sombrer avec une pathétique histoire de figurants.

Grand bien lui a fait à cette andouille, moi quand j'ai trahi Chaban, c'était pour un poste de premier ministre, n'est pas Iago qui veut.

Il ne faut pas avoir les yeux plus gros que le ventre et il faut avoir de l'estomac.

Moi je n'ai jamais eu de problèmes de ce côté-là.

J'aime la flammekuche à volonté, la bière du pécheur, le riesling de dix heures du matin ,le gewurtz et la tarte aux myrtilles du gouter, la choucroute du soir et le petit marc, j'aime la knacki du petit déjeuner et le pâté de langue, j'aime le pounti, sans lui je me sentirai comme un naufragé, la pompe a grattons, et jusqu'au cassoulet ce plat radical et même socialiste, mais là, il faut être œcuménique : devant, ou plutôt après, le haricot nous sommes tous égaux.

Je n'ai rien contre le foie gras, les rillons, les ceps et le confit d'une collation improvisée chez Guéna à Sarlat ou Charbonnel à Brive mais aussi rien contre les rillettes chez Fillon, j'aime les cagouilles et les melons chez Raffarin (ne cherchez pas la contrepèterie même si elle n'est passée loin) et la sole à la crème et au livarot chez Ruffenacht, le champagne et les biscuits roses chez Stasi quoiqu'ils passent mieux avec des pieds de veau a la Saint Ménehould et une lampée de bouzy. J'apprécie même la cancoillote chez Chevenement, je ne suis pas sectaire, mais à condition qu'elle nappe deux ou trois montbéliards.

Mais la Haute Savoie, pays éternellement blanc à tous égards, ou Le Pen est notre seul rival, me comble plus encore: j'aime la pela, la raclette la tartiflette, et la fondue chez Bosson et je les aime encore plus toutes ensembles, le cervelas, la cervelle de canut, les harengs pomme a l'huile, le tablier de sapeur et le poulet au vinaigre chez Noir hier ou Collomb aujourd'hui, j'aime cette modestie des lyonnais qui ne parlent que de saladiers et des pots et chez qui tout est gras ,moelleux et savoureux.

Comme je comprends l'empereur Auguste qui a fait de Lyon, au confluent des trésors de bouche des trois Gaules, la capitale et comme je comprends l'église d'y avoir laissé son primat: les curés ont toujours su manger, c'est pour ça surtout, plus que pour Bernadette, que je m'en suis rapproché et me suis écarté des radicaux à qui je ressemble pourtant tant.

J'aime aussi les saveurs de notre ex-empire et de ce qu'il en reste, l'outremer, inépuisable réservoir de voix légitimistes et d'élus en délicatesse, comme moi, avec les juges.

Cela fait un sujet de conversation entre deux bouchées et avant d'attaquer la biguine ou le zouk.

J'aime la merguez- qui a pour moi la saveur des premières fois et de la casbah -, le couscous et le méchoui chez Bompard et plus que lui, et les accras chez Michaux Chevry et le kavah pré-maché par les nobles de grands clans à Wallis et Futuna, cç passe très bien avec un peu de ratafia .

Oui la France est grande, la France est belle, elle rayonne, véritable pays de cocagne, elle m'éclaire et éclaire le monde tout à la fois.

Le français ne s'expatrie pas, il mange et boit trop bien chez lui et ce depuis des siècles.

Qui part? Les éclaireurs et les portes parole de notre art de vivre et de notre bon gout, quelques jeunes femmes, autrefois surtout, et des cuisiniers, des charcutiers, des pâtissiers, des boulangers des œnologues encore et toujours.

Oui, la France est unique en ce bas monde et je suis bien placé pour l'affirmer : J'ai fait tous le buffets du monde et tous les diners de galas, ceux de l'assemblée générale des Nations Unies, ceux de la Maison Blanche, ceux du Kremlin, ceux de Buckingham palace, ceux du shah d'Iran quand je lui vendais Eurodif, ceux de Saddam quand je lui vendais Osirak, ceux de Bokassa quand il essayait de m'acheter, ceux de Bongo, de Sassou Nguesso et de Mobutu, ceux du palais impérial japonais et ceux de la cite interdite, mais rien, rien, pas même mes quarante garden parties de l'Elyéee dont douze comme Amphytrion, avec les meilleurs traiteurs de Paris, non, rien ne vaudra jamais une bonne collation, à dix heures du matin, dans une salle polyvalente, après avoir visité au pas de course une foire aux bestiaux ou un comice, dans le petit matin givré, le souffle court.

Ah le petit blanc qui pique et dont le léger pétillement chatouille les papilles, ah la motte de rillettes qui, là, dans le fond, modestement, luit de bonheur, ah les tranches de rosette bien rouges et bien grasses, ah les plis harmonieux de la mayonnaise à la surface du saladier, ah la douce brûlure du coup de l'étrier avant le départ en CX...

Ces jours-là, je sais pourquoi je me suis tant et si souvent battu à Bruxelles, pendant ces marathons agricoles ou l'on mange si mal...

 Belle ville cependant, pleine de petites merveilles, les restaurants de poisson de la place Sainte Catherine, les tavernes de la grande place, les restaurants de l'îlot sacré, les chocolatiers des galeries Louise et des Sablons, les scènes de ripailles de Brueghel au musée d'art ancien.

Oui Brueghel aurait pu être un peintre français, il en a la sensibilité -j'aime moins Magritte et Delvaux, ça manque de chair, pas comme Bacon, un anglais qui me touche, c'est rare.

 Ah si Philippe le Bel, François Premier, Louis XIV et Napoléon avaient été plus habiles, la Wallonie et Bruxelles seraient nôtres…

Mais ce n'est que partie remise: grâce au Vlams Blok, au Vlams Belang et à leurs avatars, nous hériterons un jour de la Wallonie et donc de la carbonnade, mais serai-je encore là?

Si ce n'est pas le cas qu'on dépose un simple chicon sur ma tombe, un waterzooï, peut-être, si l'Histoire entretemps ne m'a pas si mal jugé...

Pour moi, la France, ce n'est pas un visage, ou des visages, mais une succession de goûts et de textures, ceux doux, acides, moelleux de la cervelle aux câpres chez Françoise, entre l'Assemblée et le Quai d'Orsay -les diplomates quels petits appétits!, je m'en suis entouré pourtant, je me demande encore bien pourquoi - , ceux légèrement piquants et filandreux des cuisses de grenouille à l'aïl, ceux mi- spongieux, mi-caoutchouteux et délicieusement gras et parfumes de la chair d'escargot rôtie dans le beurre persillé et aillé, ceux gélatineux, grumeleux et subtils d'un plat de pieds de porc panés bien gratinés...

La France, ma France, notre France éternelle, comment ai-je pu, dans un moment de lassitude, dans un moment d'abandon, dans un moment -j'hésite à écrire le mot- d'indigestion, la laisser aux mains d'un nain, qui ne boit même pas, sauf lorsque Poutine l'y force, et qui élimine ses corn flakes en faisant du jogging , d'un type qui fait un AVC au premier massage de son périnée !D'un type qui boude le salon de l'agriculture !

Pauvre France, France délaissée, France abandonnée, France humiliée mais bientôt France libérée, mai 2012 approche...

Ce quinquennat, qu'on dit bling-bling mais qui n'est qu'anorexique, oui anorexique, voilà le mot, m'a paru finalement presque plus court qu'une descente au frigo.

Avec moi c'était différent: la France m'a fait attendre plus longtemps avant de se livrer à moi, 'abord grillé par Giscard puis deux fois par le Vieux Renard, mais elle m'a comblée et malgré tout ce que je lui ai fait, ou pas fait, elle me regrette déjà …

Etc…"

Sur cette évocation de Nicolas Sarkozy, les derniers hologrammes des plats de terroir s'effaceront, remplacés par l'hologramme et l'odeur fadasse d'un club sandwich, accompagné d'une eau minérale.

la musique de Didier Barbelivien remplacera celle de Jean-Sébastien Bach. Chacun ses goûts.

Il sera temps de regagner vos capsules et de recoiffer vos casques de réalité virtuelle.

Cette fois, vous sentirez à la fois poussés à la fois vers le bas en zigzag. Un tunnel rose, annelé et animé de contractions se déploiera autour de vous à 360°.

Vers la fin du parcours, vous subirez une accélération de plusieurs G., comme dans un simulateur de formule 1, et aurez l'impression de foncer vers un point minuscule, noir et circulaire.

Au dernier moment, alors que vous retiendrez votre souffle dans l'attente de la collision, le cercle s'ouvrira de l'intérieur et se dilatera pour laisser passer tout juste la capsule.

En sortant de la capsule, votre casque ôté, vous tituberez, du fait des secousses tout juste éprouvées.

Votre bouche sera encore saturée de salive, vos papilles encore émoustillées, votre regard encore ébloui par les merveilles entrevues, votre nez saturé d'effluves délicieux, vos oreilles et votre esprit encore émus par Bach.

Vous peinerez à reprendre pleinement contact avec la réalité.

Et quelle réalité !

Derrière vous, la jolie ville de Vevey et son golfe.

Plus loin, derrière et au-dessus de la ville, les sublimes vignobles de Lavaux, accrochés à la montagne et classés UNESCO.

Devant vous, les eaux cristallines du Léman et les sommets des alpes françaises derrière Evian, nimbés d'une brume de chaleur bleutée.

Alors, épuisé par tant d'émotions et de beauté, vous défaillerez.

Comme à Florence.

Mais en mieux.

Et en plus "propre en ordre" sur les bancs design placés là à cet effet.

Si vous n'avez pas le temps et/ou les moyens de vous rendre à Vevey pour visiter l'exposition permanente "dans l'estomac de Jacques Chirac", vous pouvez vous en faire une idée en achetant sur l'Apple store et sur Google Play l'application de réalité virtuelle réalisée par le musée.

Elle est compatible avec les casque HTC vive, Samsung Gear; et Google Oculus.

 Elle est aussi compatible avec les principaux sièges vibrants de gamers et les sièges massants de grande marque, à qui les impulsions sont transmises par le système bluetooth du casque.

Belle technologie, maintenant à la portée de tous, même si l'ondulation d'un rouleau sous les fesses ne vaudra jamais un bon coup de vérin au même endroit.

Seules les odeurs manquent encore.

 Mais le musée y travaille déjà avec l'aide de l'École Polytechnique Fédérale de Lausanne (EPFL) qui s'intéresse de près aux expériences "omni-sensorielles" pour lesquelles les analystes anticipent un marché énorme ("human virtual sex project") notamment en Chine.

ah le modèle suisse de coopération public-privé pour la recherche appliquée !!

Et l'avenir des musées …

~ 174 ~

DE LA SALADE SUR LES DENTS DE LA JOCONDE

Table des matières

Quatrième de couverture

Vous avez fait le confinement. En un mot. Mais l'avez-vous fait en deux ?

Si oui, vous avez certainement essayer de visiter virtuellement des musées avec votre tablette voire avec votre casque de réalité virtuelle. Avant d'y renoncer.

Google street view le logiciel de déplacement qui anime Google art and cuture (à quand Google food et Google energy ?) est pathétique . impossible de sortir de la rotonde du British museum ou de monter l'escalier de la victoire de Samothrace. Par contre il peut vous faire grimper aux rideaux et coller au plafond littéralement, pas métaphoriquement, hélas. Quant aux casques de réalité virtuelle il ne valent pas mieux, entre plantages récurrents du logiciel, déplacements hasardeux, explication trop lentes, zooms bloqués, j'en passe et des meilleures.

A peu de chose près la visite virtuelle d'un musée est à sa visite physique est ce que l'onanisme est aux véritables joies de la chair , aux transports en commun : un expérience approximative, frustrante et insatisfaisante.

 C'est pourquoi nous lançons un triple cri : Halte au feu, back to basics, vive la rétro-tech !

Pour visiter un musée virtuel, rien ne vaut mieux que l'écrit et le plus puissant des générateurs d'images :votre propre imagination.

Plus de bouton « on » : ouvrez ce livre et passez, ticket en main, le portillon, vous n'avez fini de vous gondoler comme on dit à l'Accademia de Venise